KB008884

DREAMBOOKS

DREAMBOOKS

사자왕

5

ORIENTAL FANTASY STORY & ADVENTURE

이대성 신무협 장편소설

dream
books
드림북스

사자왕 5

초판 1쇄 인쇄 2015년 12월 16일
초판 1쇄 발행 2015년 12월 28일

지은이 이대성
발행인 오영배
책임편집 편집부
일러스트 RASSIL
제작 조하늬

펴낸곳 (주)삼양출판사 · 드림북스
주소 서울시 강북구 도봉로 173
대표 전화 02-980-2112 팩스 02-983-0660
출판등록 1999년 3월 11일 제9-00046호

© 이대성, 2015

ISBN 979-11-313-0418-1 (04810) / 979-11-313-0413-6 (세트)

드림북스는 (주)삼양출판사의 판타지 · 무협 문학 브랜드입니다.

사자왕

5

이대성 신무협 장편소설

ORIENTAL FANTASY STORY & ADVENTURE

dream
books
드림북스

차례

第一章

악연

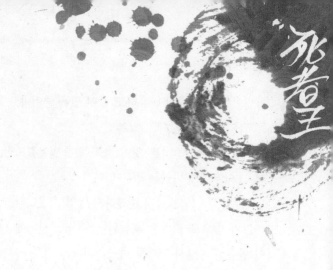

살다 보면 나쁜 일이 생길 때가 있다.

그리고 그럴 때마다 나쁜 일은 혼자 오지 않았다.

'꼭 여럿이서 같이 오는 법이지.'

전윤수는 객잔 문을 열고 들어오는 반유하를 바라보며 자신도 모르게 쓰게 웃어 버렸다.

재수가 없는 것에도 정도가 있는 법이다.

여긴 강호에서 우연히 들른, 그야말로 흔해 빠진 객잔일 뿐이다.

이곳에서 천하에 이제 열 명도 존재하지 않는 절대십객 중 한 명인 반천강을 만난 것도 어처구니가 없는 일인데,

하필이면 그 손녀인 반유하도 같이 있을 줄이야.

'조짐이 좋지 않다.'

지금까지 줄곧 나쁜 일이 계속해서 벌어졌지만, 여기에서 그 악운이 끝나라는 법은 없다.

전윤수는 그렇게까지 순진하지 않았던 것이다.

그가 앞으로 펼쳐질 최악의 상황을 머릿속에 그리는 사이 반유하는 잠시 고개를 갸웃거리다가 전윤수에게 가까이 다가오더니 곧 깜짝 놀라며 비명을 질렀다.

"으아앗!"

손녀의 행동에 반천강이 눈썹을 꿈틀거릴 때.

반유하가 큰 소리로 외쳤다.

"푸, 풍혈마군!"

"뭣? 풍혈마군?"

풍혈마군.

그 이름이 주는 반응은 가히 폭발적이었다.

촤촤촹—!

반천강을 호위하고 있던 무인들이 일제히 무기를 뽑아 들었던 것이다.

순식간에 주변의 공기가 험악하게 변했다.

그러자 객잔에 있던 사람들이 눈치를 보며 슬금슬금 뒷문으로 빠져나가기 시작했다.

이제 풍혈마군이 강호에 나왔다는 소문이 천하에 퍼져 나가는 것은 시간문제일 터.

'조용히 살려고 했더니만…… 그게 잘 안 되는군.'

나오자마자 공손천기와의 약속을 어긴 셈이 되었지만 의외로 전윤수의 마음은 가벼웠다.

모든 것을 내려놓으니 이상하게도 마음에 편안함이 찾아온 것이다.

'단지 예상대로 일이 너무 나쁘게만 진행되어서 기분이 불쾌할 뿐이지만.'

천마신교에까지 이런 소문이 알려지게 된다면 공손천기가 꽤나 곤란해질지도 모른다.

'하지만 지금은 거기까지 신경 쓸 여유는 없다.'

눈앞에 있는 반천강.

그는 다른 곳으로 신경을 분산시키고 상대해도 될 만큼 호락호락한 고수가 아니었으니까.

순식간에 텅 비어 버린 객잔의 적막 속에서 전윤수의 시선과 반천강의 시선이 허공에서 정면으로 부딪쳤다.

"……."

둘은 아무런 말도 없었고 어떠한 행동도 취하지 않았지만, 주변에는 숨 막힐 듯한 긴장감이 흘렀다.

자혁은 자신의 몸 상태를 점검하며 주변을 둘러보았다.

'만약 일이 벌어진다면…….'

주군인 전윤수가 반천강의 발을 묶어 두고 있는 사이에 자혁을 비롯한 흑사자들은 최대한 빠르게 주변을 정리해야 만 했다.

하나 문제는 객잔 내부에 있는 병력들만이 아니었다.

'대략 백여 명 정도라…….'

외부에 있는 고수들까지 고려한다면 이건 정말 쉽지가 않은 싸움이었다.

이쪽이 머릿수에서 압도적으로 밀리는 것이다.

하지만 자혁과 흑사자들은 조금도 걱정하는 기색을 보이 지 않았다.

'이건 단지 시간의 문제일 뿐이다.'

상대가 지금보다 설령 두 배 정도 더 많은 숫자라 하더라 도 주변 정리에는 전혀 상관이 없었다.

정리하는 데에 시간이 더 걸릴 뿐.

언젠가는 '반드시' 정리할 수 있는 것이니까.

지금 자혁의 고민은 시간을 과연 얼마나 많이 줄일 수 있 는가였다.

"……정말이군. 풍혈마군이 맞아."

반천강이 전신에서 힘을 풀며 말하자 전윤수 역시 서서 히 힘을 풀며 고개를 끄덕였다.

"개인적인 사정이 있으니 여기에서 조용히 헤어졌으면 합니다만…… 대인께서는 어찌 생각하십니까."

더 이상의 소란은 곤란했다.

전윤수 입장에서는 전투가 벌어지고 설령 반천강을 죽일 수 있다고 하더라도 별로 내키지 않는 상황인 것이다.

"……."

반천강은 곧장 대답하지 않고 주변을 슬쩍 둘러보았다.

그리고 자신도 모르게 노골적으로 아쉬운 얼굴을 해 보였다.

생각보다 전윤수를 호위하고 있는 전력이 너무 막강했던 것이다.

'본가에 있는 아이들만 데리고 왔더라도…….'

그가 직접 훈육시키고 무공을 봐 준 고수들.

그들과 함께 왔더라면…… 정말 생각지도 못했던 대어를 잡을 수도 있었을 것이다.

'하지만 녀석들은 본가를 방비해야 하니 어쩔 수 없는 선택이었다.'

반천강 역시 상대방이 더 나서지 않겠다면 굳이 자극할 생각은 없었다.

처음에는 전윤수 하나만 보였지만 지금은 아니었으니까.

'만약 전투가 벌어진다면…….'

반천강 본인을 제외한 나머지는 모두 순식간에 죽게 될 것이다.

그만큼 전윤수의 옆에 있는 녀석들이 하나같이 만만치 않았다.

거기까지 생각이 미치는 순간 결론은 내려졌다.

"나 역시 그대들과 싸우고자 함이 아니었네. 그냥 각자 가던 길을 가도록 하지."

"현명하신 판단입니다. 대인."

전윤수는 읍을 해 보이고 서둘러 몸을 일으켰다.

이 객잔에서 식사하는 것은 아예 포기할 생각이었다.

'나쁜 일이 끝났다고 해서 또 벌어지지 않을 거라 생각 하는 것은 멍청한 짓이다.'

최대한 멀리 떨어져서 몸을 사려야 했다.

역설적이게도 돌아갈 곳이 없다는 것이 이럴 때는 참 좋 았다.

어딘가에 매여 있지 않으니 어디로든 갈 수가 있었으니까.

그가 그렇게 몸을 일으키고 자리를 피하려는데 의외의 복병이 나타났다.

반유하가 그의 소매를 잡아챘던 것이다.

피하려고 하면 피할 수 있었지만 전윤수는 얼굴을 찌푸 리며 그녀를 돌아보았다.

"용건이 있나?"

반유하는 고개를 끄덕였다.

그리고 그녀가 막 입을 열려고 할 때, 전윤수가 먼저 말했다.

"막내 녀석 이야기를 물어보려는 거라면 나는 너에게 해 줄 말이 없다. 묻지 마라. 나는 대답할 수가 없는 입장이다. 교의 일에 대해서도 역시, 나는 너에게 해 줄 말이 아무것도 없다."

"……"

그럴 거라 생각하긴 했지만, 이쪽에서 물어보기도 전에 질문할 여지를 모두 없애 버리니 반유하의 입장에서는 한참이나 부족한 대답이었다.

부족했으니 더 알고 싶은 것은 당연지사.

반유하.

그녀는 머리로 생각한 것을 곧장 몸으로 옮기는 행동파였다.

때문에 반유하는 벌떡 일어서서 자신을 스쳐 지나가려는 전윤수의 앞을 가로막았다.

"……이번에는 무슨 일이지? 난 방금 전에 충분히 예의를 갖춰 대답한 것 같은데?"

반유하의 무례한 행동에 화가 났지만 전윤수는 이번에도

잘 참았다.

그녀와 괜히 험한 분위기를 연출했다가는 애써 상황을 진정시킨 노력이 쓸모가 없어져 버리니까.

"천마신교에 대해서 묻는 건 대답 못 한다고 했죠? 그럼 다른 걸 물어볼게요. 방금 전에 말했던 개인 사정이라는 게 대체 뭐죠? 왜 굳이 이렇게 도망을 치는 거예요? 원래 그쪽, 이런 나약한 사람 아니잖아요."

"……."

도망이라는 단어와 나약하다는 단어가 전윤수의 눈초리를 파르르 떨리게 만들었지만 역시 이번에도 전윤수는 잘 참았다.

원래부터 눈앞에 있는 이 여자가 조심성 없는 언행을 일삼는 성격이라는 걸 알고 있었다는 게 참으로 큰 도움이 되었다.

"말 그대로 개인 사정이다. 내가 알려 줄 이유도, 그쪽에서 알아 둘 필요도 없는 사소한 일이지."

전윤수는 다시금 반유하의 질문을 냉정하게 끊어 내고 움직이려 했다.

그 순간 반천강이 아무런 말도 하지 않았으면 아마 그는 곧장 이곳을 떠날 수 있었을 것이다.

"나도 알고 싶구먼. 자네의 그 개인 사정이라는 것을 말일세."

"······."

딱 여기까지였다.

전윤수가 참을 수 있는 한계선은 딱 여기까지였던 것이다.

그는 조금 전까지 공손했던 태도를 완전히 버리고 무표정한 얼굴로 시선을 돌렸다.

그리고 반천강을 지그시 바라보며 질문했다.

"진정으로 그걸 알고 싶으신 겁니까, 대인?"

반천강은 순식간에 기세가 변한 전윤수를 응시하며 천천히 고개를 끄덕였다.

"알고 싶네. 나에게는 무척이나 중요한 이야기일 듯하구만."

"······."

전윤수는 침묵을 지켰다.

그러다 손으로 앞머리를 한 번 쓸어 넘기며 입을 열었다.

"대인께서는 지금 본 교의 내부 사정을 외부에 발설하라고 강요하고 계신데······ 설마 그 말을 제가 순순히 따를 것 같습니까?"

전윤수의 뒤를 따르던 흑사자들의 표정이 변했다.

그들도 모시고 있는 분의 마음이 지금 얼마나 불쾌한지

알고 있었던 것이다.

'죽인다.'

흑사자들이 그렇게 마음먹자 그들의 주변으로 피부가 찌릿거릴 정도의 삭막한 기운이 풍겨 나왔다.

그것은 선명한 죽음의 기운이었고, 반천강을 수행하고 있던 무인들을 긴장하게 만들기 충분했다.

반천강이 자리에서 일어나더니 손을 한 번 흔들어 흑사자들이 뿜어내는 기운을 지워 내며 말했다.

"풍혈마군, 자네 정도의 고수라면 지금 내가 뭘 믿고 이러는지 알 텐데?"

"……."

전윤수는 눈을 가늘게 떴다.

그 역시 알고 있었다.

저 멀리서 다가오고 있는 일단의 사람들이 풍기는 기척을 느꼈으니까.

이쪽으로 다가오고 있는 사람들은 숫자도 제법 되었고, 특히 그들 중의 한 명은 유달리 강한 기운을 풍기고 있었다.

'아군이 생겼다 이건가?'

전윤수는 그들의 정체를 몰랐지만 반천강은 확실히 알고 있었다.

그들은 바로 서문세가의 사람들이었던 것이다.

그들과는 사전에 이곳에서 보기로 약속이 되어 있었다.

'착각하지 마라, 반천강.'

순간 전윤수의 입가에 차가운 미소가 떠올랐다.

그는 반천강을 똑바로 응시하며 말을 이었다.

"나는 분명 여러 번 양보를 했다. 굳이 이런 곳에서 소란을 일으키고 싶지 않았으니까. 예의도 갖추었지. 하지만 그쪽에서 이렇게 무례를 저지른다면 그것도 여기까지다."

반천강은 고개를 저으며 말했다.

"너희들에겐 승산이 없다. 지금 오고 있는 친구는 서문세가의 서문호거든. 그 역시 외부에 알려지지 않았지만 화경의 고수. 자네는 화경의 고수 둘을 감당할 자신이 있는가?"

전윤수는 반천강의 말에 더더욱 짙은 미소를 그렸다.

그는 한 걸음 앞으로 나서며 말했다.

"반천강. 당신은 소문과 달리 참으로 무정한 사람이었군."

"……무슨 소리지?"

"핏줄에 대한 애정이 없나?"

"……뭐?"

반천강이 눈을 깜빡거리는 그 순간 전윤수가 움직였다.

동시에 반천강도 아차 싶은 얼굴로 빠르게 이동했지만 한발 늦었다.

반유하가 이미 전윤수의 손아귀에 잡혀 버린 것이다.

"하, 할아버지……."

전윤수는 반유하의 손목을 단단히 틀어쥐고 싸늘하게 말했다.

"비켜."

"……네놈……."

"분명 비키라고 했을 텐데?"

전윤수가 내력을 살짝 흘리자 반유하의 몸이 발작하듯이 펄떡였다.

그 후 그녀는 비명도 지르지 못하고 그 자리에서 기절해 버렸다.

그 모습을 본 반천강의 눈에서 불똥이 튀었다.

"이놈! 네놈이 감히 이런 짓을 하고도 무사할 것 같으냐?"

전윤수는 비릿한 웃음을 그렸다.

그리고 기절한 반유하를 가볍게 들어 올리며 대답했다.

"망혼객은 소문보다 더 재미있는 사람이었군. 내가 설령 이런 짓을 하지 않았어도 분명 무사하지 않았겠지. 틀린가?"

"……."

"우습군, 망혼객. 스스로가 힘이 없다고 판단했을 때는 조용히 주는 것만 받아먹더니, 조금 힘이 생기니 배려해 준 상대방을 덮치려 한다? 이건 소인배들이나 하는 행동이 아닌가?"

순간 반천강의 얼굴이 창백해졌다.

전윤수의 말이 날카로운 비수가 되어 가슴에 틀어박힌 것이다.

"……네, 네놈이 감히……."

"스스로의 행동을 반성해 봐라, 망혼객. 나는 분명 그냥 가려 했다. 그랬다면 이런 불행한 일은 일어나지 않았겠지."

전윤수는 그때 바깥에 도착한 서문세가의 사람들을 힐긋 보다가 입을 열었다.

"손녀는 우리가 충분히 안전해졌다고 판단되면 털끝 하나 손대지 않고 무사히 돌려보내 주겠다. 알고 있겠지만 만약 쫓아오는 기색이 느껴진다면 내가 죽는 것보다 이 꼬마가 죽는 게 더 빠를 거다. 그건 장담할 수 있다."

반천강은 낮게 이를 갈았다.

분하지만 저놈이 하는 말에는 틀린 말이 없었던 것이다.

그래서 더 화가 났다.

마치 자신의 치부를 들킨 것처럼 모욕감을 느낀 것이다.

그때 서문세가 쪽에서 수상한 움직임이 있었다.

반천강이 움찔하자 전윤수가 낮게 말했다.

"본보기로 좋겠군……."

그 의미심장한 말을 듣는 순간 반천강은 다급하게 손을 저었다.

"그만! 움직이지 마라! 안 된다!"

하나 이번에도 반천강은 한발 늦었다.

이미 서문세가의 고수들이 반유하를 구하기 위해 창가 쪽에서 전윤수를 덮쳤던 것이다.

대략 스무 명의 고수들.

하지만 그들은 전윤수의 옷깃조차도 건드리지 못했다.

촤아악―!

전윤수의 주변에 있던 흑사자들이 서문세가의 고수들을 단 일격에 쳐 죽여 버렸기 때문이다.

자혁은 전윤수의 뒤에 서서 전윤수에게 튀어오르는 핏방울들을 소매로 일일이 쳐 냈다.

투투툭―

그야말로 순식간에 벌어진 일이다.

다들 멍하게 굳어 있는 사이 전윤수는 천천히 움직이며 말했다.

"잊지 마라. 이번 일의 시작은 너희들이 먼저였음을."

낮은 음성.

하나 그 음성에 담겨 있는 짙은 음울함은 반천강의 마음을 무겁게 짓눌러 왔다.

이제야 확실하게 알았다.

저놈은 정말로 싸우고 싶어 하지 않았던 것이다.

'내 탓이다.'

반천강은 멀어져 가는 전윤수의 등을 바라보며 복잡한 얼굴을 해 보였다.

저놈 말처럼 처음에는 반천강도 싸움을 피하려 했다.

그때는 상황이 불리함을 알았으니까.

'하지만……'

서문세가가 합류한다는 것을 알았기에 금방 마음을 바꿔 먹었다.

그의 입장에서는 당연한 행동이었다.

한데 놈은 그런 반천강의 속마음을 마치 들여다본 것처럼 정확하게 찔러 왔다.

'소인배라……'

반천강은 거기까지 생각하다가 고개를 저었다.

저놈은 마교의 놈이다.

그런 놈에게는 애초에 신의나 예의를 지킬 필요가 전혀 없었다.

'내 행동은 옳았다.'

단지 실수로 그의 손녀딸을 인질로 내주었고, 결국에는 납치당했을 뿐이다.

반천강이 그렇게 스스로의 복잡한 머릿속을 정리할 무렵, 아무런 피해 없이 도망치고 있던 전윤수는 속으로 한숨만 푹푹 내쉬고 있었다.

'공손천기…… 미안하게 되었다.'

조용히 지내기로 녀석과 약속하고 떠나왔는데 상황이 이렇게까지 되어 버렸으니 그 약속을 더 이상 지키지 못하게 됐다.

그 때문에 마음이 좋지 않았다.

번잡하고 괴로워진 것이다.

'그런데…….'

사람 마음이라는 것이 참 오묘했다.

마음이 좋지 않은 한편 이번 일로 이래저래 고생하게 될 공손천기를 떠올리니 나름대로 즐거워졌던 것이다.

'나 역시 어쩔 수 없는 소인배로군. 반천강에게는 미안하게 되었다.'

전윤수는 그렇게 스스로를 시원하게 인정하며 서둘러 이동하기 시작했다.

한시라도 빨리 안전한 곳에 도착해서 반유하를 놓아 줘야 했으니까.

한데 전윤수도 지금 이 순간 자신이 욱해서 벌인 이번 일이 다른 일과 엮여서 골치 아프게 될 것이라고는 조금도 생각지 못하고 있었다.

"이 옷 어때? 예쁘지?"

마야.

황금빛 머리카락의 그녀는 야율소하의 물음에 멍한 얼굴로 고개를 끄덕였다.

그 무미건조한 반응이 재미가 없었는지 야율소하가 시큰둥한 얼굴로 말했다.

"뭐야? 별로야?"

"아니요. 예뻐요, 주인님."

"그런데 표정이 왜 그래?"

야율소하의 입술이 뾰루퉁하게 튀어나올 때쯤에서야 마야가 허둥지둥 일어나 그녀의 옷을 만지며 말했다.

"옷감도 참 좋네요."

"됐어. 이미 늦었어. 이거 버리고 다른 거 살 거야."

마야는 당황한 얼굴로 야율소하의 기분을 풀어 주려 노력했다.

하지만 이미 토라져 버린 야율소하의 기분을 단시간에 좋게 만들기는 불가능했다.

그래서 마야는 한숨을 내쉬고 솔직하게 말했다.

"잠깐 다른 생각을 했어요."

"무슨 다른 생각?"

"……천마신교와의 일을 생각하고 있었습니다."

"생각해 봐야 뭐해? 어차피 갈라섰는데."

야율소하는 천마신교라는 단어에 무척이나 예민한 반응을 보였다.

그도 그럴 것이, 한때는 혼사 이야기가 오고 가던 단체가 아니었던가?

그런데 이렇게 관계가 틀어져 버렸으니 기분이 무척 상하는 것이다.

"아빠가 다 생각이 있겠지. 이번에 강호에 나와서도 벌써 이렇게 사천에 자리를 잡았잖아?"

"예……."

적풍단.

그들은 악중패의 일로 중원 전체가 소란스러운 틈을 타서 은밀하게 사천성의 한쪽 구석에 자리를 잡았다.

본래부터 사천 지역을 천하 제패의 발판으로 삼으려 했기에 이쪽 땅을 많이 사 두었던 것이다.

"아빠 말로는 어차피 천하 제패는 지금 아버지 세대에서 할 수 없게 되었대. 그 공손천기라는 놈이 뒤통수를 때렸으니까. 그래서 후대를 기약하면서 중원에 터를 잡아 놓아야 한다고 했어."

마야는 고개를 끄덕였다.

그녀가 보기에도 나쁘지 않은 계획이었다.

오히려 전보다 더욱 현실성이 있어진 것이다.

천천히 야금야금, 중원으로 세력을 뻗어나가는 것.

이게 바로 사막왕이 새로 짠 계획이었다.

"그래도 솔직히 내 입장은 바뀐 게 전혀 없어. 똑같이 팔려 가겠지."

"주인님……."

야율소하.

그녀의 말대로 그녀 입장에서는 사실 크게 바뀐 게 없었다.

사막왕은 사천성에 자리를 잡기 위해 근방의 유력 가문 후계자들에게 딸들을 시집보낼 작정이었던 것이다.

'애초에 그러려고 우리들을 이곳까지 데려온 거니까.'

사막왕은 친딸들은 물론이고, 수양딸로 삼은 여자들까지 모조리 이곳 중원으로 데려왔다.

친교를 목적으로 딸들을 팔 생각인 것이다.

"별수 없지. 원래 그런 거니까."

원래 그렇다.

이 말이 마야에게는 너무도 묵직하게 다가왔다.

그녀는 찡그린 얼굴의 야율소하를 품 안에 안으며 가볍게 다독거려 주었다.

"그래도 어딜 가든 제가 함께할 거예요, 주인님."

"……고마워, 마야."

야율소하의 표정이 조금 풀렸을 무렵 마야가 작게 입을 열었다.

"사랑해서 혼약을 하는 게 아니라는 건…… 이곳이나 제가 있던 곳이나 마찬가지네요."

"정말? 마야가 살던 곳도 그랬어?"

마야는 고개를 끄덕였다.

그녀가 살던 곳도 여자들의 권리가 그렇게 높지 않았다.

그곳도 철저하게 남성 중심의 시대였던 것이다.

그나마 강호는 무공을 익힌 여자들이 자기 목소리라도 낼 수 있었지만 그곳은 가문이 좋지 않으면 그런 것도 없었다.

'어디든 마찬가지구나…….'

여자를 도구로만 보는 시대.

마야는 그렇게 서글픈 생각을 하다가 문득 떠오르는 어떤 사내의 눈빛을 기억해 냈다.

'공손천기…….'

그 소년 같은 사내가 자신을 바라볼 때 보였던 시선.

그건 정욕이나 욕망이 담긴 눈빛이 아니라 순수하고도 깨끗한 눈빛이었다.

동시에 마야는 공손천기의 두 눈 깊숙한 곳에 숨겨져 있던 짙고 강렬한 어둠을 보았다.

그것이 아직까지 뇌리에 깊이 각인되어 있었던 것이다.

'그 사람은 지금 무엇을 하고 있을까?'

후계자 싸움에 최종적으로 이겨서 교주가 되었다고 들었다.

결국 그 즉위식은 보지 못하고 천마신교를 떠나야만 했지만, 그 작은 몸으로 덩치 크고 무서운 사내들을 모조리 물리친 게 대견했다.

'하긴 사탄의 눈을 가진 사내니까.'

그 붉은 눈을 떠올리면 아직도 공포스럽기만 했다.

하나 동시에 측은한 마음이 들기도 하는 것은 대체 무슨 이유 때문일까?

마야가 다시 깊은 상념에 잠기자 야율소하는 그녀의 품에 더더욱 깊숙이 파고들며 입을 열었다.

"마야, 지금 공손천기 생각하는 거지? 그치?"

"……!"

마야가 당황한 얼굴을 해 보이자 야율소하는 눈을 게슴츠레 뜨며 말했다.

"속일 생각은 하지 마. 내 말이 맞지?"

"……어떻게 아셨어요?"

야율소하는 마야의 긍정에 씨익 웃으며 말했다.

"마야는 공손천기를 생각할 때 짓는 특유의 표정이 있어."

"……어떤 표정이에요, 주인님?"

"잘 봐 봐."

야율소하는 마야의 품에서 빠져 나온 뒤 턱을 살짝 들어 올린 상태로 어딘가 먼 곳을 바라보며 아련한 표정을 지어 보였다.

"바로 이런 거."

"……."

"예전에는 고향 생각 할 때만 이런 표정이었는데 최근에는 공손천기를 생각할 때도 이런 표정을 짓더라구."

마야는 무의식적으로 얼굴을 만지며 표정을 확인해 보았다.

그리고 인정해야만 했다.

야율소하의 말이 사실이었던 것이다.

"마야가 공손천기를 좋아한다고 해도 나는 못 보내줘. 왜냐면 이제 나한테는 마야밖에 없는걸?"

"……주인님."

"아빠는 원래 바쁘고, 오빠는 중원에서 온 여자랑 살림 차려서 바빠. 게다가 여기는 사막이 아니라 아는 사람도 없지. 이제 나한테는 정말 마야뿐이야."

마야는 고개를 끄덕였다.

야율소하의 말이 맞았던 것이다.

현재는 그녀 본인의 의지와 전혀 상관없이 주변이 돌아가고 있었다.

미래도 아마 그녀의 의지와 상관없이 결정지어질 것이다.

"그래서 미안하지만 나는 마야를 보내줄 수 없어. 대신 내가 행복하게 해 줄게."

마야는 야율소하의 말에 설핏 웃으며 그녀를 껴안았다.

"저 안 떠나요, 주인님."

"정말이지? 나랑 약속해야 해."

마야는 야율소하를 더욱 꼬옥 안으며 고개를 끄덕였다.

"네, 약속해요."

아무도 없는 타국 땅에서 그녀에게 친절을 베푼 유일한 사람이 야율소하였다.

게다가 생명을 구해 주었고, 그녀 덕분에 무공이라는 것도 배울 수 있었다.

평생의 은인인 것이다.

'만약의 경우…… 제 목숨을 바쳐서라도 구해 드릴게요, 주인님.'

마야가 보기에 사막왕의 야심은 너무도 위험했다.

그와 같은 거대한 욕망을 지닌 남자는 본인은 물론이고 주변에도 상처를 주면서 위로만 올라가려 했으니까.

항상 위험한 줄타기를 하는 것이다.

그러다 어느 한순간 삐끗하게 된다면 그동안 쌓아 왔던 모든 것이 한 번에 무너지게 될 것이다.

'아마 그때는 주인님을 데리고 도망칠 수 있겠지요.'

그게 언제가 될지는 알 수 없었다.

그리고 그런 불행한 일이 벌어지지 않기를 간절히 바랐지만 마야는 자꾸만 불안해졌다.

사막왕이 일을 너무 서두르고 있었던 것이다.

뭐든 서두르는 것은 좋지 않은 법이기에 마야는 더욱 걱정이 되었다.

'알아서 잘 하시겠지만……'

사막왕에 대한 걱정을 하는 것은 어떻게 보면 그에 대한 모독일 수 있었다.

그가 가진 능력은 사막에서는 절대적이었으니까.

하지만 지금 그는 사막이 아닌 다른 곳에서 본인의 능력을 시험하고 있었다.

과연 그게 어디까지 통할 것인지는 아직 미지수였다.

그렇게 모든 것이 걱정되는 마야였다.

*　　*　　*

인간의 욕심은 끝이 없다.

그리고 그 욕심 때문에 항상 같은 실수를 반복했다.

지금의 시우가 그랬다.

'이 빌어먹을 놈의 호기심!'

그러고 보면 지금까지 자신은 항상 호기심이나 궁금증 때문에 더러운 일에 발을 담그곤 했다.

시우는 뒷머리를 긁적이다가 저도 모르게 실실 웃어 버렸다.

맨 처음 자신 앞에 나타난 젊은 사내.

사천당가의 직계로 보이는 그놈 때문에 그들이 대체 뭘 하고 있는지에 흥미가 생겨 버렸다.

"어때, 내 제안이? 마음에 들지?"

그리고 그가 꾸미고 있는 일을 들었을 때.

시우는 자신이 아주 거지 같은 일에 말려들었다는 사실을 깨달았다.

"그러니까 나더러 당지광을 만나서 몇 대 맞아 달라 이거지, 지금? 그의 기분이 풀리는 것을 도와서 그 영감 정신이 온전한 건지 시험해 달라는 거 아냐?"

"그렇지! 바로 그거야! 그렇게만 해 주면 돈을 줄게. 아니다, 경단으로 줄까? 너 그거 좋아한다던데."

보상을 경단으로 해 준다는 말에서 시우는 확신할 수 있었다.

이놈들은 자신을 대단한 바보로 알고 있는 모양이었다.

'아니면 크게 미친놈으로 보고 있거나…….'

둘 중의 하나인 듯했다.

그러니 이놈들은 사람을 아주 잘못 보고 있었다.

'확실하게 말해 둬야겠지.'

자신은 멀쩡한 정상인이고, 너희들은 지금 사람을 잘못 보고 있다는 사실을.

처음에는 격한 마음에 나오는 대로 말을 하려다가 이놈들도 딱한 놈들이라는 생각에 화를 가라앉혔다.

그리고 시우는 머릿속에서 떠오르는 단어들을 잘 정리한 다음 입을 열었다.

"그쪽이 나에 대해서 지금 크게 오해하고 있는 부분이 있는데, 난 당신들 생각처럼 그렇게 무모하고 멍청한 놈이 아니야."

사천당가의 젊은 사내.

본인의 이름을 당문경이라 밝힌 젊은이는 시우의 진지한 설명에 고개를 갸웃거렸다.

마치 '그럴 리가 없을 텐데?' 라는 듯한 표정에 시우는 순간 울컥했지만 일단 침착하게 스스로를 달래며 다시 입을 열었다.

"난 단지 그 영감님이 나한테서 뺏어간 경단만큼의 돈만 돌려주면 황금 새장을 돌려줄 생각이거든. 아주 간단한 거지. 준 만큼 받는다. 별로 어려울 것도 없지, 그치?"

시우는 손짓발짓까지 해 가며 상대방의 이해를 돕기 위해 애썼다.

하지만 지금 이 순간, 시우가 무슨 말을 해도 당문경의 입장에서 그는 그저 미친놈에 불과했다.

생각해 봐라.

고작해야 두 냥어치 경단 때문에 목숨을 걸 필요가 있을까?

이건 정상적인 사람이라면 도저히 할 수 없는 사고방식이었다.

"……."

당문경의 얼굴에 어색한 미소가 떠오르는 것을 보고 시우는 설득을 포기했다.

그리고 그냥 두 손을 들고 말했다.

"그 영감님 화가 가라앉으면 만날게. 나도 분노한 화경의 고수랑은 별로 만나고 싶지 않으니까."

"어……? 그랬어?"

당문경의 얼굴에 떠올라 있던 어색한 미소가 한층 더 짙어졌다.

불길한 느낌.

본능적으로 어떠한 예감을 느낀 시우가 막 자리에서 일어서려는 그 순간 객잔 문을 열고 누군가가 안으로 들어섰다.

"오랜만이구나, 까악!"

"……!"

요란한 깃털로 온몸을 치장한 노인.

한 번 보면 절대로 잊을 수 없는 노인이었다.

시우는 당지광을 보자마자 곧장 자리를 박차고 창밖으로 몸을 날렸다.

빠른 판단이었고, 그보다 더 신속하기 어려웠지만 이미 작정하고 있던 화경의 고수 앞에서는 거북이처럼 느렸다.

쐐애애액―!

무언가가 날아온다고 느낀 순간 시우는 본능적으로 몸을 비틀어 피했다.

그런데 그게 피한다고 끝나는 게 아니었다.

촤아악―!

덮쳐 오던 무언가가 갑자기 넓게 펼쳐지며 시우의 전신을 덮쳤던 것이다.

"으엇!"

그물이었다.

그것도 사람 하나를 통째로 잡아 둘 수 있는 그물.

재료가 무엇인지는 모르겠지만 시우가 힘을 줘도 쉽게 끊어지지 않았다.

"크히힛, 이거 정말 괜찮은 물건이구나. 까악."

"물건이 만족스러우셨다니 다행입니다, 어르신. 이번 일을 위해 특별히 제작된 그물입니다."

"좋아. 기특하니 너는 살려 주마. 까악."

"감사합니다, 어르신."

당문경이 싹싹한 태도로 당지광에게 연신 굽실거리는 모습을 보며 시우는 낮게 이를 갈았다.

'시간 끌기였구나.'

저놈의 목적은 처음부터 당지광이 올 때까지 시간을 버는 거였다.

헛소리만 해 대더니 저 얄미운 놈은 훌륭하게 그 작업을 성공했고, 그 결과 자신은 지금 바닥에 짐승처럼 잡혀 있다.

시우의 눈에서 불똥이 튀었다.

'너무 방심했다.'

하나 단순히 방심했다고만 하기엔 지금 상황이 너무 좋지 않았다.

잘못하면 진짜 어이없게 개죽음을 당할 수도 있는 상황인 것이다.

시우가 조심스럽게 기회를 엿보고 있을 때.

당문경이 뒤로 한 걸음 슬쩍 물러서며 말했다.

"그럼 두 분이서 오붓한 시간 되십시오. 저는 이만 물러가겠습니다."

당지광은 고개를 끄덕였다.

이제 저놈에게는 볼일이 끝난 것이다.

시우가 이글거리는 눈빛으로 당문경을 쏘아보자 그가 능글거리는 표정으로 손짓하며 재빨리 바깥으로 도망쳤다.

'내가 너만큼은 반드시 잡아 죽인다.'

시우가 그렇게 벼르고 있는 사이 당지광은 지척까지 가져온 그물을 놓고 갑자기 손을 뻗어 시우의 멱살을 잡아챘다.

"내 마누라 집 어디 갔어? 까악!"

"……."

시우는 당지광에게 멱살이 잡힌 후 신중한 얼굴을 해 보였다.

슬쩍 옆을 돌아보니 나무로 만든 새장에 갇혀 있는 까마귀가 보였다.

"마누라 집 어디 있냐고, 이놈아! 까악!"

뿌드득——

당지광이 멱살을 쥔 손에 힘을 주자 숨이 턱턱 막혀 옴을 느꼈다.

예상은 했지만 손아귀 힘이 정말 엄청났던 것이다.

'과연 화경의 고수……'

게다가 더 큰 문제는 따로 있었다.

지금 당지광의 몸에서 은은하게 뿜어져 나오는 자줏빛 기운.

이것이 그 말로만 듣던 만독혼원공인 모양이다.

'중독되고 있다?'

시우는 흑사자 훈련을 받을 때 어지간한 독에는 걸리지 않기 위한 훈련을 받았다.

내성을 쌓기 위해 일부러 갖가지 독들을 복용했던 것이다.

하지만 그런 훈련으로도 당지광의 독 기운을 막아 낼 수는 없었다.

특단의 조치가 필요한 것이다.

그래서 시우는 퍼렇게 질린 얼굴을 한 채 한 손을 그물 바깥으로 스윽 내밀었다.

"……?"

당지광이 그 손을 보며 의아한 얼굴을 하자 시우는 중독되어서 다 죽어 가는 와중에도 씨익 웃으며 작게 입을 열었다.

"……두 냥."

"…… "

"……돈 안 주면 죽어도 안 알려 줍니다, 노인장."

시우는 쌕쌕거리는 거친 숨을 마지막으로 결국 기절해 버렸다.

멱살이 잡힌 와중에도 또박또박 말을 내뱉느라 호흡이 이어지지 않았던 것이다.

숨어서 그 광경을 지켜보던 사천당가의 사람들은 벙 찐 얼굴을 해 보였다.

'역시 미친놈이었네. 그것도 아주 대단한 미친놈이었어.'

당문경은 자신도 모르게 작게 몸서리쳤다.

저런 와중에도 고작 두 냥 때문에 목숨을 걸다니?

상식인인 그로서는 도무지 이해할 수 없는 종자였다.

'아무튼 저놈은 죽어 버려서 다행이군.'

저런 미친놈이 둘이나 존재하는 것은 세상을 위해서도 좋지 않았다.

물론 아직 숨은 쉬는 것 같았지만 그것도 금방이다.

당지광은 아직까지 자신의 마음에 들지 않는 놈을 살려 둔 적이 없었으니까.

한데 죽어 가는 시우를 내려다보던 당지광의 표정이 이상하게 점차 복잡미묘해져 갔다.

第二章
초위명

시우는 꿈을 꾸었다.

꿈속에서 시우는 전혀 생각지도 못했던 사람을 만났다.

"주군?"

오만한 미소가 몹시도 잘 어울리는 사내, 공손천기.

그는 잠시 품 안의 강아지를 쓰다듬고 있다가 시우를 위아래로 살펴보더니 멈칫거렸다.

그 후 얼굴을 찡그리며 나직하게 말했다.

"너, 꼴이 그게 뭐냐?"

"예? 제가 왜요? 어디가 이상합니까?"

"……밖에 나가서 무슨 해괴한 놈을 만났길래 그런 우스운 꼴을 하고 있는 거냐?"

공손천기가 작게 비웃자 시우는 이해가 가지 않는다는 표정으로 고개를 갸웃거리며 말했다.

"무슨 소리신지…… 주군이야말로 지금 굉장히 이상하십니다."

"내가 이상하다고?"

"예."

"호오……? 뭐가 이상한지 한번 말해 봐라."

공손천기의 얼굴에 호기심이 떠오르자 시우는 그를 자세하게 살펴보다가 입을 열었다.

"그…… 일단 제일 이상한 건 머리 위에 돋아 있는 그 뿔인데…… 그건 장식품인 겁니까?"

"뿔이 보인다? 또 다른 건?"

지금 시우의 눈에 보이는 공손천기는 머리에 두 개의 뿔이 돋아난 채 요사스러운 눈빛을 뿜어내고 있었다.

"눈빛도 이상하십니다. 그리고…… 언제부터 주군이 날개가 있으셨습니까?"

"흐음…… 네가 평소에 나를 어떻게 생각하고 있었는지 잘 알겠다."

공손천기의 중얼거림에 시우는 고개를 갸웃거렸다.

확실히 지금 공손천기의 모습은 몹시 특이했다.

뿔과 눈빛도 그렇고 등에 거대한 박쥐 날개 같은 게 달려 있는 것도 그렇고.

시우가 그 모습을 자세히 보려고 한 걸음 다가가려는데 이상하게 몸이 가벼웠다.

아니, 가벼운 것도 가벼웠지만 의도한 대로 힘이 제어가 되지 않았다.

그제야 무언가 이상함을 깨달은 시우가 팔을 들어 올려 보았다.

이상한 자세로 낑낑거리며 겨우 팔을 들어 올린 시우는 자신도 모르게 히죽 웃어 보였다.

"어라? 하하하, 이거 제 팔이 꼭 짐승 같은데요? 제가 언제부터 이렇게 털이 많았죠? 게다가 이 발톱은 또 뭘까요, 주군?"

시우가 호랑이의 팔뚝처럼 변해 버린 자신의 팔을 내려다보고 있을 때.

공손천기가 입을 열었다.

"팔만 그런 거면 다행이지. 어떤 놈에게 걸렸는지 모르겠지만 아주 제대로 걸렸구나. 그놈이 네놈에게 제법 재미있는 걸 먹였다."

공손천기는 한동안 말없이 시우를 바라보다가 입을 열었다.

"지금 네가 누구인지는 기억이 나느냐?"

"예? 당연하죠, 주군."

"네 이름이 뭐냐?"

시우는 공손천기의 진지한 물음에 대수롭지 않게 대답하려다가 갑자기 벼락이라도 맞은 듯 몸을 덜덜 떨었다.

[어?]

머릿속이 엉망진창이었다.

여러 가지 기억들이 혼란스럽게 떠오르는 것이다.

그것을 겨우 진정시키며 시우가 가까스로 입을 열었다.

"……저는…… 저는……."

내가 누구였지?

여긴 어디지?

그러고 보니 난 분명히 이곳에 있던 게 아니었는데?

'돌아가야 해.'

시우가 혼란스러운 얼굴로 멍청하게 서 있자 공손천기가 강아지를 탁자에 내려놓고 그에게 천천히 다가오며 말했다.

"지금 네 몸뚱이는 이상한 놈들에게 잡혀 있을 거다. 그리고 놈들이 네 영혼에 금제를 걸어서 이런 곳으로 보낸 거지."

"……."

"그놈들이 아마 너에게서 무언가를 알아내려 한 것 같은데…… 참 재수도 없는 놈들이다."

순간 공손천기의 입가에 야릇한 미소가 떠올랐다.

"그놈들도 하필이면 나를 만나게 될 줄은 몰랐겠지."

공손천기는 손톱으로 자신의 손가락 끝에 작은 상처를 내며 말했다.

"너를 이곳으로 보낸 놈의 얼굴은 기억이 나느냐?"

"……."

시우는 고개를 저었다.

그리고 혼란스러운 얼굴로 공손천기를 바라보고만 있었다.

자기가 왜 여기에 있는지, 스스로가 누구인지도 기억나지 않는다는 사실이 공포로 다가온 것이다.

게다가 공손천기의 상처에서 피 냄새가 나는 순간부터 미칠 듯한 갈증이 전신을 가득 메웠다.

'맛있겠다.'

시우가 갑자기 생긴 '식욕'을 겨우겨우 억제하고 있을 때, 갑자기 주변 사물이 빠르게 흐물거리며 녹아내리기 시작했다.

공손천기의 입가에 떠올라 있던 미소가 한층 짙어졌다.

"여기까지 와서 도망치려고? 그건 곤란하지. 이제부터가 시작인데."

공손천기가 말을 하다가 갑자기 자신의 피가 흘러나오는

손가락을 시우의 입에 쑤셔 넣었다.

그러자 시우의 시야가 순간적으로 밝아졌다.

시우가 푸르게 불타는 눈으로 공손천기를 바라보는데 공손천기가 송곳니를 드러내며 말했다.

"여기 들어오는 건 네놈들 마음대로였겠지만 가는 건 내 허락이 있어야지."

"……."

"이건 배교(拜敎)의 고위 술법이지. 제법 수작을 잘 부려놔서 네놈들이 어디에 숨어 있는지 알아보느라 시간이 좀 걸렸다만……."

공손천기는 히죽 웃으며 시우의 눈을 똑바로 들여다보았다.

"이젠 네놈들이 어디 숨어서 지켜보는지 알겠다. 거기에서 움직이지 말고 기다리고 있어라. 내가 직접 내 물건을 찾으러 갈 테니."

공손천기는 말을 하며 한 손으로 시우의 혀를 단단히 움켜쥐고 다른 한 손은 시우의 한쪽 눈에 가져갔다.

그러던 어느 순간, 섬뜩한 기운이 시우의 한쪽 눈을 관통했다.

동시에 시우의 입에서 짐승의 울부짖음이 터져 나왔다.

크허허헝—!

시우가 몸부림치면서 발버둥 치자 공손천기는 난동을 부리는 시우의 몸을 팔뚝으로 휘감아 단단하게 잡으며 그 귓가에 대고 으스스하게 말했다.

"이건 뒤에서 훔쳐보고 있는 네놈에게 내리는 벌이다. 지금 네가 가지고 있는 내 물건에 조금이라도 흠집이 나면…… 도착해서 사지를 찢어 주마."

시우는 눈을 잃은 고통으로 전신을 부들부들 떨었다.

그 순간 공손천기가 시우의 귓가에 대고 말했다.

"이제 꿈에서 깨어날 시간이다, 시우. 그리고 지금 느끼고 있는 이 고통은 본래 네 것이 아니다."

시우라는 이름을 듣는 순간.

갑자기 주변 사물들이 빠르게 멀어지고 시우는 눈을 번쩍 떴다.

눈을 뜨자마자 시우는 옆에서 들리는 비명 소리에 잠시 멍한 얼굴을 해 보았다.

'……여긴 어디지?'

시우가 잠시 눈을 뜨고 주변을 두리번거리고 있을 때.

옆에서 어떤 사내가 자신의 한쪽 눈을 붙잡고 비명을 질러 대고 있었다.

"크아아악! 아파! 아프다고!"

"사, 사부님, 부디 진정하십시오."

"으아아아! 진정? 내가 지금 진정하게 생겼어? 그 기생 오라비같이 생긴 개자식! 내가 반드시 쳐 죽일 거다! 끄아 아악!"

사내가 한쪽 눈에 손을 가져간 채 바닥을 뒹굴뒹굴 구르 자 그 옆에 있던 중년 사내들이 허둥지둥 사내를 감싸며 진 정시키기 시작했다.

옆의 의자에 앉아 있던 화려한 깃털 치장을 한 노인.

당지광도 사내의 행동에 당황한 얼굴을 해 보였다.

"이, 이봐, 초위명. 자네 많이 아파? 갑자기 왜 그래? 까 악?"

"으으…… 저 씹어 먹어도 시원치 않을 자식 때문에……."

초위명이라 불리는 사내.

당대 배교의 주인인 그는 한 손으로 눈을 감싸고 있다가 천천히 떼어 내며 시우를 노려보았다.

이윽고 드러난 사내의 한쪽 눈에서는 붉은 핏물이 주르 륵 흘러 내렸다.

시우가 그때까지도 멍청한 얼굴로 그 사내를 바라보고 있을 때.

"네놈. 마교의 종자였냐?"

마교라는 단어에 시우의 초점 없던 눈동자에 차츰 빛이 떠올랐다.

그는 잠시 눈을 깜빡이다가 사내를 바라보며 고개를 갸웃거렸다.

"응? 그쪽은 누구십니까?"

"……이런, 쌍! 술법이 깨졌잖아!"

얼굴 전체에 새하얗게 분칠한 사내.

배교의 교주 초위명은 하늘을 보며 크게 욕을 내질렀다.

지나치다 싶을 정도로 발광하는 그를 바라보던 시우가 아무렇지도 않게 말했다.

"어라? 근데 눈은 또 왜 그러십니까? 그거 되게 아파 보이는데."

"……이 미친 새끼가……."

초위명이 분노로 전신을 덜덜 떨고 있는 사이 시우는 그에게서 고개를 돌려 당지광을 응시하며 입을 열었다.

"근데 여긴 어딥니까, 영감님. 저에게 무슨 짓을 하신 겁니까?"

"……여긴…… 내 친구 집이지. 그리고 나는 아직 아무런 짓도 못 했다. 까악."

당지광은 그렇게 대충 대답하고 시우에게서 고개를 돌렸다.

그리고 그때까지도 분노로 전신을 부들부들 떨고 있는 초위명의 눈치를 살피며 작게 입을 열었다.

"자네 술법이 깨졌다는 건가, 지금? 까악?"

"그래, 깨졌어. 망할."

초위명은 제자들이 가져온 고약을 피가 나온 눈에 찍어 바르고, 헝겊으로 감싸며 낮게 이를 갈았다.

"설마 몽환술(夢幻術)을 파훼하는 놈이 있을 거라고는 상상도 못 했으니까."

"그, 그럼 어쩌지? 내 마누라 집은 이대로 못 찾는 건가? 까악?"

당지광이 걱정스럽게 말하자 초위명은 희번덕거리는 눈으로 그를 쏘아보았다.

"찾아 줄게. 나만 믿어. 이 빌어먹을 새끼를 어떻게든 조져서 찾아내야지."

"괘, 괜찮을까? 지금까지 계속 실패했잖아? 까악?"

초위명.

그는 시우를 바라보며 얼굴을 찡그렸다.

"젠장, 저놈 한쪽 눈에 들어가 있는 반혼점 때문에 술법이 잘 안 걸려서 시간이 좀 걸리겠지만 결국에는 불게 될 거야. 나만 믿어."

"……응. 까악."

"그나저나 그 새끼는 대체 뭐였지? 어떻게 나를 봤을까? 몽환술이라는 게 두 개의 꿈이 겹쳐 있는 거라 절대로 나를 볼 수 없을 텐데?"

"누구 말하는 거야, 까악?"

초위명은 당지광의 물음에는 대답하지 않고 곰곰이 생각에 잠겼다.

시우의 꿈속에서 보았던 오만한 미소의 청년.

그놈은 분명 절대로 볼 수 없을 터인 자신을 똑바로 바라보았다.

경계 너머에 있던 그를 단순히 본 것뿐만이 아니라 직접적으로 위해까지 끼친 것이다.

'이 정도로 고도의 술법을 익힌 놈이 마교에 있었다고?'

이해할 수 없었다.

마교는 오래전에 혈교가 떨어져 나가면서 술법에 대한 부분은 거의 없어지다시피 했다.

오로지 무공.

무공 하나만 죽어라 연마했던 것이다.

그런 근육 바보들 사이에 그 여우 같은 놈이 있다는 것은 무척이나 이질적인 일이었다.

'분하다.'

대비가 전혀 없어서 당했다는 것은 사실 변명에 불과했다.

하지만 다음번에는 이런 일은 없을 것이다.

초위명은 시우의 꿈속에서 보았던 그 오만방자한 놈의 얼굴을 떠올리며 으르렁거렸다.

"내 한쪽 눈을 가져간 그 빌어먹을 놈. 분명 기집애같이 곱상하게 생긴 놈이었는데…… 저놈이 주군 어쩌고 하는 걸 보니 마교에서도 꽤나 고위 직급인 거 같단 말이지. 그런데 도통 누구인지를 모르겠네. 처음 보는 얼굴이었다."

"뭐…… 마교야 워낙에 알려진 게 없지 않아? 까악?"

"그건 그렇지. 빌어먹을. 저놈이 맨 처음에 마교의 담장을 넘어갈 때 포기하고 나왔어야 했는데…… 그 기생오라비 같은 놈이 설마 눈치챘을 거라고는 상상도 못 했어. 아오! 짜증 나!"

앞머리로 눈을 가리고 있던 시우는 초위명의 중얼거림을 듣는 순간 자신도 모르게 마른침을 삼켰다.

자신은 분명 아무것도 말한 기억이 없는데 어떻게 저기까지 알아낸 것일까?

천마신교의 사람이라는 점을 알아챈 것만 해도 놀라운데 그의 주군까지 알고 있는 것 같지 않은가?

"그나저나 그놈이 분명히 나를 찾아오겠다고 했겠다? 건방진 놈. 요행으로 한 번 이겼다고 기세등등해하기는. 크흐흐, 어차피 그놈이 올 때까지는 시간이 있으니까 천천히 준비해 둬야겠군."

초위명은 미치광이처럼 웃으며 자신의 손을 내려다보았다.

'이번에는 날 살려 보내 준 걸 후회하게 만들어 주마. 망할 놈아.'

지금까지는 상대방이 어느 정도의 수준인지 전혀 모르고 있었다.

이 정도 수준의 술법사가 있다는 사실을 사전에 알았다면 애초에 이렇게 준비 없이 접근하지도 않았을 것이다.

'그 점을 감안하면 눈 한쪽만 잃은 것은 싸게 먹힌 거지.'

어찌 되었건 그놈의 존재를 눈치챈 것은 엄청난 수확이었다.

그런 놈이 있다니, 정말 상상도 못 해 본 일이었다.

"크흐흐, 다음에 그놈을 만나면 내 눈도 돌려받고, 반드시 그놈의 두 눈을 뽑아 버릴 거다. 크하하하!"

한쪽 눈을 헝겊으로 가린 채 광기 어린 미소를 흘리는 초위명을 보며 시우는 혀로 자신의 마른 입술을 적셨다.

'오지게도 재수 없지.'

저놈이 뭐하는 놈인지는 시우도 잘 몰랐다.

하지만 한 가지는 확실했다.

저놈은 당지광보다 더하면 더했지, 결코 덜하지 않은 미친놈인 것이다.

희대의 미치광이라고 알려진 당지광도 저놈의 눈치를 살
피고 있지 않은가?

'대체 누구지?'

사실 시우는 잘 모르고 있었지만 초위명은 이쪽 계통에
서 정말 유명한 존재였다.

'천하제일 술법사.'

이게 그를 부르는 호칭이었다.

그리고 그는 벌써 백 년을 넘게 산 괴물이었다.

술법으로 죽음조차 미루고 있었던 것이다.

그런 그가 지금 공손천기를 노리고 있었다.

*   *   *

"이번 건 꽤 재미있었네. 배교의 술법사라……."

"괜찮으십니까, 교주님?"

주상산이 걱정스러운 얼굴로 묻자 공손천기는 히죽 웃으
며 고개를 끄덕였다.

그는 입가에 미소를 그리며 자기 팔뚝에 끼인 채 계속 낮
게 으르렁거리고 있는 호랑이를 놔 주었다.

그러자 호랑이는 한 차례 몸을 흔들더니 신중한 얼굴로
공손천기를 응시했다.

그 눈빛은 마치 사냥감을 바라보는 포식자의 눈과 같았다.

"쯧, 배가 고프냐? 그래도 상대를 잘 보고 골라야지."

으르르—

공손천기가 말하자 호랑이는 송곳니를 드러내며 위협적으로 울었다.

그 모습을 공손천기가 가만히 바라보고 있을 때.

탁자에 올라가 있던 강아지가 바닥으로 내려와 호랑이 앞에서 낮게 이를 드러내 보이며 짖었다.

크르르—

그 모습에 주상산은 어이없는 얼굴을 해 보였지만, 공손천기는 흐뭇한 얼굴로 강아지의 머리를 쓰다듬어 주었다.

"저건 먹으면 안 됩니다, 개님. 그래도 산중지왕이니까 무사히 돌려보내 줘야 해요."

강아지는 공손천기의 말을 알아들었는지 순순히 이빨을 감췄다.

하나 호랑이에게 눈을 흘기며 마치 이번 한 번은 봐주겠다는 표정을 지어 주상산을 더욱 황당하게 만들었다.

호랑이도 어이가 없었는지 그때까지의 조심스러운 태도를 버리고 강아지를 향해 갑자기 몸을 날렸다.

크아앙—!

'비호(飛虎, 나는 듯이 날쌘 호랑이)같다' 라는 말이 있다.

실로 그 말이 딱 들어맞는 상황이었다.

육중하고 거대한 몸집에도 불구하고 호랑이는 진정 번개처럼 빨랐던 것이다.

"멍청이……."

공손천기는 작게 중얼거리며 자기 대신 움직이려던 주변의 호위 무사들을 다 멈춰 세웠다.

이어서 그가 한 걸음 물러서자 강아지가 움직였다.

강아지의 눈빛이 붉게 물들더니 순식간에 덩치가 크게 부풀었다.

동시에 강아지의 전신이 청강빛으로 불타올랐다.

크롸롸롸—!

강아지는 제 속도를 못 이기고 달려든 호랑이의 목을 물고 가볍게 옆으로 패대기쳤다.

콰아앙—!

바닥에 금이 가고 거대한 호랑이의 몸체가 땅을 파고들듯이 박혔다.

끄어엉—!

고통스러운 울음과 함께 호랑이가 바닥에서 발버둥 칠 때.

공손천기가 가까이 다가가 낮게 말했다.

"해괴한 놈에게 이용만 당하다가 버려진 걸 불쌍히 여겨 순순히 보내 주려 했다만 이건 네 스스로가 자초한 일이다. 상대의 역량을 알아보지 못한 것도 분명한 네 잘못이지."

끄르륵—

고통스러워하는 호랑이를 바라보며 공손천기가 말했다.

"어차피 살기는 글렀으니 최대한 고통 없이 보내 주마."

공손천기는 천천히 호랑이의 이마에 손을 가져갔다.

"다음 생에는 부디 좋은 일만 있어라."

그게 끝이었다.

버둥거리고 있던 호랑이의 움직임이 거짓말처럼 멈췄다.

그때까지 호랑이의 목줄을 단단히 물고 놓지 않고 있던 강아지가 그제야 턱에서 힘을 풀었다.

"고생하셨어요, 개님. 현신하시느라 힘드셨을 텐데 이제 진정하세요."

공손천기가 말하자 청강빛의 불타던 개는 바람 빠진 것처럼 급격히 작아지더니 곧 아까의 작은 강아지로 변했다.

그리고 공손천기의 손에 스스로의 머리를 애교스럽게 비비적거렸다.

주상산이 긴장한 얼굴로 그 광경을 지켜보고 있는데 공손천기가 강아지를 쓰다듬어 주며 아무렇지도 않게 불쑥 입을 열었다.

"나 아무래도 강호에 좀 나갔다 와야겠어."

"……예?"

"어차피 앞으로의 일들은 맡겨 둘 사람들이 생겼으니 걱정 없겠지."

공손천기의 말을 듣고 있던 주상산은 하얗게 질린 얼굴로 반문했다.

"서, 설마 교주님께서 직접 강호에 나가신다는 겁니까?"

"응."

"그건 너무 위험합니다! 다시 생각해 주십시오!"

공손천기는 주상산의 만류에도 피식 웃으며 입을 열었다.

"말려도 소용없어. 내 물건을 훔쳐 간 놈이 강호에 있거든. 난 그걸 찾으러 가야 해."

시우 녀석이 잡혀 있는 곳을 알았다.

이제 그 바보 녀석을 찾으러 가야 하는 것이다.

게다가 그곳에는 공손천기의 흥미를 자극하는 놈도 있었다.

공손천기의 입가에 서서히 악동 같은 미소가 떠올랐다.

* * *

시우는 죽고 싶었다.

그는 우울한 얼굴로 벽에 머리를 기댄 채 창밖을 보며 한숨을 내쉬었다.

'어째서 이런 일이……'

인질. 감금. 포로.

평생 자신과는 연이 없을 거라 생각한 단어였다.

하지만 그는 현재 외부의 누군가가 구출해 주기만을 기다려야 하는 신세인 것이다.

그의 입장에서는 참으로 기가 막힌 현실이었다.

그저 두 손 놓고 타인의 도움을 받아야 하는 상황.

그 참담한 현실을 시우는 진정으로 믿을 수가 없었다.

'부끄럽다!'

자다가 이불을 걷어찰 정도의 부끄러움이 매일 밤 몰려왔다.

이번 일로 주군인 공손천기가 얼마나 많이 번거로울까 생각하니 미안함과 함께 죄책감도 밀려들어왔다.

잠깐의 자만심과 약간의 장난이 이런 결과를 초래하게 될 것이라고는 설마 상상도 못 했으니까.

'빌어먹을……'

그동안 시우가 마냥 손 놓고 도주를 시도해 보지 않은 것은 아니었다.

당지광이 그에게 매일 붙어 다니며 황금 새장을 내놓으라고 협박하고 있었지만, 그의 눈길이 떨어지는 순간은 언제든 찾아오는 법이니까.

세 번 정도 결정적인 기회가 있었고, 시우는 망설이지 않고 도주를 감행했다.

확실히 시우는 대단했다.

바로 지척에 절대십객인 당지광이 있음에도 그를 몇 번이나 따돌렸으니까.

'하지만…….'

시우는 결국 뜻을 이룰 수 없었다.

그가 머물고 있는 이곳 칠정산 정상에는 괴상한 진법이 펼쳐져 있어서 매번 거기에 막혀 버렸던 것이다.

'이럴 줄 알았으면 진법에 대해서 공부를 좀 해 두는 거였는데…….'

아쉬웠다.

기껏 도주에 성공해도 진법에 빠져서 허우적대다가 다시 잡혀 오기 일쑤였다.

그때.

"밥이다. 까악."

문이 열리고 괴상한 영감탱이가 만두를 들고 찾아왔다.

시우는 그것을 받아 꾸역꾸역 입으로 넣으며 지나가듯이 질문했다.

"내가 지금이라도 황금 새장의 위치를 알려 주면 그냥

내보내 주는 겁니까?"

가볍게 던진 질문이었지만 반응은 뜨거웠다.

시큰둥하던 표정의 당지광이 눈을 번뜩이며 곧장 입을 열었던 것이다.

"크흐흐, 물론이지. 너에게는 손가락 하나 까딱하지 않고 여기서 곧장 내보내 주마. 까악."

"……."

거짓말이었다.

저건 더 물어보지 않아도 거짓이 분명했다.

'누굴 바보로 아나.'

현재 시우의 입장에서 황금 새장이라는 것은 매우 중요했다.

그가 그 위치를 말해 버리면 그때부터는 정말로 목숨을 장담할 수 없었다.

'설령 팔다리가 잘려 나가더라도 말하면 안 돼.'

시우는 입 안 가득 물고 있던 만두를 목으로 씹어 넘기며 옆에 있던 물을 마셨다.

당지광은 그것을 인내심을 가지고 끝까지 기다렸다.

만두만 다 먹고 나면 시우가 말을 해 줄 것이라 여긴 것이다.

하지만 시우는 느릿하게 물을 마신 후 다시 옆에 있던 침상에 벌렁 드러누워 버렸다.

당지광의 눈가에 황당함이 떠올랐다.

"다 먹고 나면 우리 마누라 집에 대해서 말해 주는 게 아니었느냐? 까악?"

"그러려고 했는데 마음이 바뀌었습니다, 어르신."

"이, 이 빌어먹을 자식이! 까악!"

당지광이 다가가 시우의 목을 움켜쥐었다.

하지만 그는 무덤덤한 표정의 시우를 보고 한숨을 내쉬며 손에 힘을 풀었다.

"이 망할 녀석…… 까악."

그동안 당지광도 시우의 입을 열게 하려고 온갖 노력을 기울였다.

처음에는 그답지 않게 좋은 말로 타이르는 데서부터 시작했다.

하지만 이놈은 사람 말귀를 전혀 못 알아먹는 놈이었다.

그래서 곧장 망설이지 않고 고문으로 넘어갔다.

당지광은 독에 정통했고, 사람에게 치명적인 고통을 주면서도 죽이지는 않는 독들에 대해서 잘 알고 있었다.

그것들을 억지로 먹였다.

하지만 결과는 비참했다.

'지독한 놈.'

이놈은 비명 한 마디 내지르지 않고 그 무시무시한 고통을 견뎌 냈던 것이다.

독으로도 방법이 없고 구타로는 더더욱 방법이 없었다.

그래서 주술적인 방법에 기대 보려 했지만, 초위명은 이것저것 여러 가지를 시도하더니 일찌감치 손을 들어 버렸다.

'아주 지독한 놈이야. 주술도 통하지 않아, 저 눈 때문에.'

호언장담할 때는 언제고 초위명은 시우에게서 완전히 신경을 거뒀다.

그 이유는 뻔했다.

저번에 시우의 꿈에서 보았다는 그 기생오라비 같은 놈.

그놈에게 완전히 꽂혀 버린 것이다.

그 태도에 서운함을 느꼈지만 당지광으로서도 감히 초위명을 닦달할 수 없었다.

당지광은 초위명과 절친한 사이였지만 그가 못내 두려웠던 것이다.

세상에 알려져 있지 않았지만, 초위명의 술법은 절대십객인 당지광조차도 죽일 수 있을 만큼 대단한 것이었다.

단지 그것이 술법이었기에 강호에서 그다지 주목을 받지 못하고 있을 뿐이었다.

'팔다리를 하나씩 잘라 볼까?'

당지광은 시우의 사지를 절단하는 방법도 진지하게 고민

했지만 이놈 하는 모양새를 보니 그러면 더더욱 말하지 않을 것 같았다.

그래서 방법을 바꿔 회유하려다 보니 어느새 이놈의 뒤치다꺼리를 해 주는 신세가 되어 버렸다.

"좋아. 돈을 주마. 은자 두 냥이라고 했지? 까악?"

시우는 당지광이 자신에게 내미는 은자를 보며 고개를 슬쩍 돌려 버렸다.

"때리고, 독을 먹이고, 주술로 고문도 해 놓고서 은자 두 냥을 주면 도둑놈 아닙니까? 절대십객이라는 분이 그러셔도 되는 겁니까?"

"……."

당지광은 붉으락푸르락한 얼굴로 품에서 꺼내었던 은자 두 냥을 다시 집어넣었다.

면전에서 대놓고 도둑놈 취급을 하니 무안하고 화도 났던 것이다.

그때.

열린 문을 통해 누군가가 들어왔다.

초위명이었다.

그놈은 들어오자마자 시우를 바라보며 물었다.

"크흐흐…… 네놈이 주군이라 불렀던 새끼. 그놈이 설마 교주였느냐?"

"……."

시우는 초위명의 질문에 미동도 하지 않았다.

그저 능청스러운 표정으로 그게 무슨 소리냐는 얼굴을 해 보였을 뿐이다.

하지만 소용없었다.

초위명은 이미 어떤 '확신'을 가지고 찾아온 것이었다.

"그 건방진 놈 이름이 공손천기겠지? 이번에 막내 제자가 첫째와 둘째를 밀어내고 교주가 되었다고 들었으니까 아마 그놈이 맞겠지. 크크크…… 그놈의 초상화를 보고 그놈임을 확신했으니 모르는 척해 봐야 소용없다."

"……."

시우는 얼굴을 찡그렸다.

이건 지나칠 정도로 소문이 빨랐다.

공손천기가 교주가 된 지 얼마나 되었다고 외부에 이런 정보까지 퍼진 걸까?

시우가 어이없다는 얼굴을 해 보일 때.

초위명이 유들유들하게 웃으며 말했다.

"강호에 이미 천마신교에 관한 소문이 파다하거든. 적풍단과 천마신교가 연계해서 강호에 나올 것이라는 소문부터 시작해서 교주가 바뀌었다는 소문. 거기에다가……."

"……아니, 그거 말고 또 있는 겁니까?"

어이가 없으니 웃음만 나왔다.

시우가 실실 웃으며 묻자 초위명이 고개를 끄덕이며 말했다.

"이건 별로 중요하지 않지만 교주 자리에서 밀린 풍혈마군이 반천강의 손녀를 납치해서 도망가고 있다는 소문도 있지."

그때까지 단순히 어이없다는 표정만 짓고 있던 시우는 마지막 말에 자신도 모르게 입을 쩌억 벌리고 말았다.

"예? 풍혈마군이 반천강의 손녀를 납치했다고요?"

"그래. 지금 반씨 세가와 서문 세가가 그 뒤를 쫓고 있는데 정도맹에서도 협조 부탁한다고 공문을 보내왔지."

"……."

시우는 할 말을 잃었다.

교주 공손천기가 조용히 살아 달라고 그렇게 부탁하며 바깥으로 온전하게 내보내 줬더니 나가자마자 사고를 친 것이다.

'내가 이럴 줄 알았습니다, 주군.'

그래서 그때 그냥 죽여 버리자고 그렇게 이야기했는데도 반대하더니 결국 이런 사달이 난 것이다.

"어찌 되었건 이건 아주 좋은 정보다. 그 건방진 새끼 이름이 공손천기라 이거지? 크크크……."

초위명은 위험하게 눈을 번들거리며 음흉하게 웃어 댔다.

주술사끼리의 싸움에서는 상대방의 이름을 아는 것이 무척이나 중요했다.

힘의 우위가 확실하면 단순히 이름을 부르는 것만으로도 상대방을 완벽하게 제압할 수 있었으니까.

그동안 시우가 입을 다물고 있어서 알아낼 방법이 없었는데 전혀 의외의 곳에서 알아낸 것이다.

"아주 죽여 주마, 공손천기. 크하하하!"

보나 마나 그놈은 본래 천마신교에서 갈라져 나온 혈교에서 훔쳐 익힌 술법이 몇 개 있는 것 같았다.

고작 그 정도 수준의 주술로 자신의 술법을 파훼한 것은 칭찬해 줄 만했다.

'그렇지만 그것으로 끝이지.'

제대로 된 술법은 모를 것이다.

무공만 익히느라 술법은 깊이 있게 파고들지 못했을 테니까.

'이번 기회에 무공만 아는 멍청이들에게 제대로 보여 줄 필요가 있겠군.'

마교의 교주를 제압하게 되면 천하에 그 명성을 떨치게 될 수 있었다.

현재 강호에서는 술법이 천대받고 있었지만 만약 그가 마교의 교주를 죽일 수 있다면 강호에 전혀 새로운 시대가 도래하게 될 것이다.

"부디 빨리 찾아와라, 공손천기. 하늘 위에 하늘이 있음을 알려 주마! 크하하하!"

초위명은 광기에 가득 찬 얼굴로 웃음을 터트렸다.

항상 강호의 그림자 속에서 웅크리고만 있던 배교가 드디어 강호의 전면에 설 수 있는 절호의 기회가 찾아온 것이다.

* * *

천하제일인 악중패.

그의 이동은 강호 모든 사람들의 이목을 집중시키기에 충분했다.

그가 움직이는 경로를 따라 수많은 사람들이 몰려들었던 것이다.

맨 처음에는 악중패의 악명이 두려워 근처에 접근하지도 못했던 사람들이었지만, 의외로 악중패가 가만히 있자 조금씩 용기를 내기 시작했다.

악중패와 사람들 간의 거리가 가까워지면서 몇몇은 용기를 내어 말을 붙이기도 했다.

물론 악중패는 별다른 대답을 하지 않았지만 그들은 단지 천하제일인에게 말을 걸어 봤다는 사실만으로도 크게 즐거워했다.

그래서였을까?

시간이 지날수록 악중패를 보기 위해 모이는 인원들은 줄어드는 것이 아니라 계속해서 늘어만 갔다.

"자자, 한 잔에 은자 한 냥입니다!"

"줄을 서세요, 줄! 새치기하지 마시고, 거기!"

심지어 눈치 빠른 상인들은 악중패를 따라다니며 장사를 하기 시작했고, 음식과 술을 비롯해서 당장 필요한 갖가지 물품들까지 팔기 시작했다.

물품들은 날개 돋친 듯 팔려 나갔고, 상인들은 연신 기쁨의 웃음을 그렸다.

그들이 그러거나 말거나 악중패는 별반 반응을 보이지 않았다.

그저 묵묵하게, 스스로가 정해 놓았던 길을 걸어갈 뿐이었다.

'강한 자와 겨루고 싶다.'

아주 단순하고 명확한 목적.

악중패는 사막왕과도 겨루어 보고 싶었고, 정도맹주라는

자와도 손을 섞어 보고 싶었다.

그러나 당장은 그럴 상황이 되질 않았다.

사막왕과의 승부는 뒤로 미뤄졌고, 정도맹주는 그를 노골적으로 피하고 있었다.

그래서 그는 움직였다.

'우선 손이 닿는 곳부터 천천히.'

그가 움직인 방향은 사천성에서도 이름 높은 문파가 있는 곳이었다.

청성파(靑城派).

최근에는 검법으로 같은 정도맹 소속의 무당파나 화산파에 밀리고 있었지만, 청성파 역시 사천성을 수백 년간 지켜온 터줏대감이었다.

악중패가 갈림길에서 청성파 쪽으로 발걸음을 옮기자 그를 쫓아가던 사람들 사이에서 웅성거림이 생겨났다.

"어? 설마 청성파로 가는 건가?"

"천하제일인이? 청성파에?"

모두의 웅성거림이 커지고, 그들의 얼굴에는 차츰 어떤 기대감이 떠올랐다.

'천하제일인의 무공을 본다.'

그동안 아직 단 한 번도 공개되지 않고 소문만 무성했던 월인도법.

전설상의 무공.

그 실체를 직접 눈으로 볼 수 있을지도 모르는 것이다.

물론 그 과정에서 청성파가 악중패에게 어떻게 될지도 모른다는 사실은 구경꾼들에게 별로 중요하지 않았다.

탁―!

악중패는 청성파의 입구에 가서 섰다.

입구를 지키고 있던 청성파 제자들의 얼굴이 딱딱하게 굳었다.

악중패는 단지 그 이름만으로도 그들에게 위압감을 주기에 충분했다.

"무슨 용무십니까?"

"장문인을 뵈러 왔다."

본래라면 사전에 약속을 잡았는지부터 시작해서 여러 가지 질문을 던진 뒤 몸수색을 하는 게 옳았지만, 상대방이 누구인지 아는 이상 그것은 불필요한 자극이 될 것이 뻔했다.

"……잠시 기다려 주시지요."

입구를 지키고 있던 청성파의 제자들끼리 상의를 하더니 한 명이 서둘러 산을 올라갔다.

위에 보고를 하러 가는 것이다.

그 모습을 보며 악중패는 침착하게 기다렸다.

'하나씩 천천히.'

얼마 전 사막왕을 만났을 때 자신에게 살기를 품지 않은 사람들에게는 손을 쓰지 못한다는 사실을 깨닫고 충격을 받은 악중패였다.

아무리 고민을 해 봐도 그 원인과 이유에 대해서는 알 수가 없었다.

과거에는 분명 이런 증상이 없었는데 갑자기 변해 버렸다.

이유가 무엇일까?

'혼자서 고민만 한다고 해결될 문제가 아니다.'

그랬기에 찾아온 곳이 청성파였다.

이곳에는 그를 자극할 만한 고수는 없었다.

하지만 그가 지금 가지고 있는 문제에 대해 여러 가지 시험을 해 보기에는 딱 적당한 수준의 문파였다.

그렇게 악중패는 조용히 기다렸지만 그 기다림이 생각보다 길어졌다.

올라갔던 제자가 한참 동안 내려오지 않았던 것이다.

"무슨 일이지?"

"설마 장문인이 도망간 거 아냐?"

"에이, 아무리 그래도 그럴 리가 있겠나?"

악중패를 따라왔던 구경꾼들 사이에서 작은 수군거림이 생겼다. 그 수군거림을 듣고 있던 청성파의 제자들은 초조한 얼굴을 해 보였다.

자신들의 귀에도 들리는 음성들인데 저 소리를 악중패가 듣지 못했을 리가 없다.

'만약에 악중패가 그냥 올라가겠다고 하면 어떻게 해야 하지?'

힘으로 그를 막을 수 있을까?

아무리 생각해도 그건 절대 불가능했다.

그렇더라도 위에서 아무런 지시가 내려오지 않았는데 그를 통과시켜 준다면 망신도 그런 망신이 없었다.

심각하면 파문까지 당할 정도의 일인 것이다.

'어쩌지……'

그들이 그렇게 내심 초조해하고 있을 때도 악중패는 조금의 표정 변화도 없이 기다렸다.

중천에 떠 있던 해가 산 너머로 저물어 갈 때까지, 악중패는 석상처럼 우두커니 기다렸다.

그의 인내심에는 아무런 문제가 없었지만 주변에서 기다리고 있던 구경꾼들의 인내심은 아니었다.

이미 진즉에 한계에 도달했던 것이다.

"거 봐, 내 말이 맞았지? 청성파 장문인은 이미 도망쳤다니까?"

"이 시간까지 나타나지 않은 것을 보면 충분히 그럴 가능성이 있지."

"그렇게 안 봤는데…… 청성파는 겁쟁들이었구만?"

모두가 수군거리며 청성파를 노골적으로 비난하고 있었다.

청성파의 입구를 지키고 있던 제자들의 얼굴은 모욕으로 인해 붉게 달아올랐다.

그들이 언제 이런 대우를 받아 보았겠는가?

사천에서 그 명망과 세력이 높기로 유명한 청성파였다.

한데 다른 곳도 아닌 자신들의 앞마당에서 이런 모욕을 받고 있으니 참기가 어려웠다.

그때 청성파의 저 먼 곳에서부터 일단의 사람들이 걸어 내려 왔다. 그들의 속도는 매우 느렸는데 거리가 가까워지자 그 이유가 드러났다.

가장 정면에 서서 천천히 계단을 걸어 내려오는 노인.

얼굴에 병색이 완연한 그 노인의 속도에 맞춰서 모두가 이동하고 있었던 것이다.

그는 느릿느릿하지만 쉬지 않고 걸어 내려와 청성파의 대문 앞에 서서 악중패와 정면으로 마주했다.

"무량수불…… 본인이 바로 청성의 장문인을 맡고 있는 자청이라 하외다. 만나서 반갑소이다."

"……"

악중패를 비롯하여 구경꾼들 모두가 침묵을 지켰다.

누가 봐도 청성의 장문인은 아파 보였던 것이다.

당장 쓰러져서 무덤에 들어가도 전혀 이상하지 않을 것만 같았다.

구경꾼들의 눈에 실망감이 잔뜩 떠오를 때.

악중패만은 자청 도인에게서 눈을 떼지 못했다.

'이자는……'

달랐다.

지금까지 보아 왔던 그 어떤 사람들과도 달랐던 것이다.

자청 도인은 그런 악중패의 호기심 가득한 눈을 피하지 않고 바라보다가 허허롭게 웃으며 말했다.

"아무래도 본 산이 누추하여 다른 손님들은 받을 수 없을 것 같은데 이해해 주실 수 있겠소?"

혼자만 들어가서 이야기하자는 말이었다.

악중패는 망설임 없이 고개를 끄덕이며 성큼 앞으로 나섰다.

구경꾼들이 뒤에서 뭐라고 웅성대는 소리가 들렸지만 전혀 신경 쓰지 않았다. 그는 오로지 자청 도인을 바라보며 지금까지 한 번도 본 적 없을 정도로 눈을 빛내고 있었다.

第三章
공손천기, 강호에 나가다

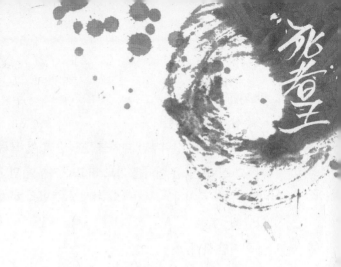

추삼은 마부였다.

마방에 소속된 것이 아니라 개인적으로 일하는 마부.

마부들도 다른 직종의 일꾼들처럼 큰 마방에 소속되어 있지 않으면 평소에 일감을 구하기가 무척이나 어려웠다.

마부를 고용해서 마차를 사용하는 사람들 대부분이 부자들인데, 그런 사람들 대다수는 이미 개인 마방을 소유하고 있거나 마부들을 고용하고 있었기 때문이다.

그래서 마방에 소속되지 않은 마부들은 필사적으로 일을 구하러 다녔다.

일의 어려움이나 불편함, 규모, 보수 등을 따질 여건이 안 되는 것이다.

추삼 역시 그러했다.

말을 다루는 실력부터 마차를 흔들림 없이 모는 능력까지, 그 실력만큼은 어디를 가도 최고라 자부할 만한데 외적인 모습을 중시하는 부자들의 특성상 큰일을 하기가 쉽지 않았다.

외적인 문제.

그것이 추삼을 늘 괴롭혔다.

그는 등이 남들보다 조금 굽은, 소위 말하는 꼽추였기 때문이다.

그런데 어느 날 갑자기 그에게 불쑥 찾아온 일감은 추삼에게 있어서 너무도 흡족한 조건이었다.

"당신이 이쪽 분야에서는 최고라고 하던데 사실입니까?"

갑자기 찾아온 젊은 사내.

그의 물음에 추삼은 어색한 미소를 그리며 뒷머리를 긁적였다.

"그건 저에겐 너무 과한 칭찬입니다."

"괜한 겸손은 필요 없습니다. 사실입니까, 아닙니까? 나는 그걸 알고 싶습니다."

추삼은 상대방의 진지한 물음에 잠시 고민하다가 고개를

끄덕였다.

"최고라고까지 말할 수 있을지는 잘 모르겠지만, 보통 손님들은 제가 모는 마차가 움직이는지도 잘 모르시긴 했습니다."

스스로 추켜세우는 것 같아 거북했지만 추삼은 마지못해 인정한 것이다.

그리고 그 대답은 젊은 사내를 만족시켰다.

"마차를 좀 몰아 주십시오. 아주 귀하신 분이 오십니다."

젊은 사내가 선수금이라고 내민 금화 열 냥을 받고 추삼은 입가에 함지박만 한 미소를 지었다.

일의 내용이 어떻다거나, 기간이 어떻게 되는지는 아예 묻지도 않았다.

그냥 무조건 하겠다고 했다.

금화 열 냥은 그만큼 큰돈이었으니까.

몇 년을 일해도 쉽게 만지기 어려운 큰돈.

심지어 마차도 그쪽에서 제공한다고 하니 추삼으로서는 더할 나위가 없었다.

그래서 젊은 사내를 따라간 곳에 도착해서 마주친 것은 엄청나게 크고 육중한 육두마차였다.

그것도 시커먼 색의 묵직해 보이는 마차.

그동안 마부 생활을 오래 하면서 이런저런 마차들을 많

이 본 추삼이었지만, 이런 마차는 난생처음이었다.

언뜻 보기에도 평범한 마차 같아 보이진 않았다.

상태 확인차 마차 외부의 이곳저곳을 가볍게 만져 보던 추삼은 너무도 견고하게 만들어진 마차에 자신도 모르게 마른침을 삼켰다.

'혹시 황실에서 나온 사람들인가?'

무슨 나무를 쓴 것인지는 모르겠지만, 마차 외벽의 자재는 나무이면서도 동시에 묵직한 쇠붙이 같은 느낌이 강하게 났다.

남만 어딘가에서 나는 나무 중 흑단목(黑檀木)이 이런 느낌이 난다고 언뜻 들은 기억이 났다.

같은 무게의 황금만큼이나 비싼 나무라 들었기에 추삼은 문득 의뢰인의 신분이 궁금해졌지만 애써 고개를 저었다.

'무려 황금 스무 냥짜리 일이다. 눈과 귀를 막아야지.'

이렇게 큰돈을 쓰는 사람들은 기밀 유지를 좋아했다.

그랬기에 추삼은 마차 내부에 있는 사람이 누구인지 아예 관심을 두지 않았고, 특유의 '기술'을 써서 마차를 목적지까지 안전하게 몰아갔다.

그의 탁월한 실력과 안정감은 마차에 타고 있는 '귀하신 분'의 마음에도 제법 들었던 모양이었다.

"우리 공자님이 당신의 실력이 제법 마음에 든 모양입니다. 지금 남은 금액을 다 지불하고, 그것의 두 배를 더 얹어 줄 테니 돌아갈 때도 그쪽이 몰아 주시겠습니까?"

추삼으로서는 거절할 이유가 전혀 없었다.

매번 숙소에 묵을 때마다 객잔을 통째로 빌려서 사용하던 사람이니 자신에게 주는 돈은 그렇게 큰돈이 아닐 것이다.

하지만 그쯤 되니 다시 한 번 작은 궁금증이 고개를 쳐들 었다.

한 번도 마차 안 '귀하신 분'의 얼굴을 본 적이 없었던 것이다.

심지어 언제 타고 내리는지조차도 몰랐다.

지금 와서는 사실 안에 사람이 정말 있는지도 의문이었다.

거기까지 생각하던 추삼은 다시 고개를 저었다.

돈만 넉넉히 받으면 됐지, 굳이 그런 걸 물어서 사달을 일으킬 필요는 없었으니까.

그런데 아주 우연하게 마차 내부 사람의 정체를 확인하 게 되는 순간이 찾아왔다.

누군가가 그들의 앞을 가로막은 것이다.

"신분 확인을 해야겠다. 마차에서 내려라."

추삼은 자신도 모르게 이마에 흐르는 식은땀을 닦아 냈다.

마차를 막아선 사람들의 위압감이 상당했던 것이다.

'무림인이다.'

무림인들과는 가급적 엮이지 않는 것이 가장 좋았다.

게다가 상대방은 정도맹을 상징하는 옷을 입고 있었기에 추삼은 어쩔 수 없이 마차 입구로 다가갔다.

마차 안에 바깥 상황을 알리려는데 문이 먼저 열렸다.

그리고 추삼은 처음으로 마차의 주인을 보았다.

어떤 젊은 청년이 악동 같은 미소를 그리며 강아지 한 마리를 안고 앉아 있었던 것이다.

"날도 더운데 별놈들이 귀찮게 하는군."

"속하가 처리하겠습니다."

추삼에게 계속 돈을 건넸던 젊은 사내가 엎드린 채 쩔쩔매며 말하자, 강아지를 안고 있던 청년이 피식 웃으며 고개를 저었다.

"됐다. 보나 마나 내 얼굴까지 확인하려 들 테니 여기서 처리하는 게 낫지. 저놈들은 돈으로 해결될 놈들이 아니니까. 고생했다, 비영."

강아지를 안고 있던 청년은 어벙한 표정의 추삼을 잠시 보다가 눈이 마주치자 히죽 웃었다.

"그리고 보니 그쪽은 내 얼굴을 처음 보겠군. 내 얼굴을 알아봐야 별로 좋을 게 없을 것 같아서 그동안 숨겼는데 저놈들이 다 망쳤네."

그러더니 강아지를 품에 안고 느긋하게 마차에서 내렸다.

청년은 천천히 앞으로 걸어가며 말했다.

"지금부터 일어날 일은 그쪽이 봐도 별반 좋을 게 없으니까 눈을 감고 귀를 막는 게 좋겠지."

청년이 등장하자 길을 막아섰던 십여 명의 사람들이 일제히 검을 뽑아 들었다.

그들은 검을 뽑고도 당황한 음성으로 더듬거리며 말했다.

"크, 크헉! 네놈은 공손천기? 설마 공손천기더냐!"

"뭐야? 다 알면서 뭐하러 물어봐. 너희들 나 찾으러 온 거 아니었어?"

공손천기의 장난스러운 반문에 정도맹의 무인들은 자신도 모르게 고개를 저었다.

"그럼?"

"우, 우리는 풍혈마군을 찾고 있었다."

"……뭐? 풍혈마군?"

그제야 공손천기는 일이 어떻게 돌아가는지 알 수 있었다.

잠시 어처구니없다는 얼굴로 이마를 짚고 있던 공손천기는 곧 툴툴거리며 웃어 버렸다.

"망할 사형……."

일이 더럽게 꼬였다.

조용히 살아 달라고 그렇게 신신당부를 했는데 이게 대체 무슨 날벼락인가?

하늘을 보며 쓰게 웃는 찰나, 퍼뜩 정신을 차린 정도맹의 무인들이 서서히 포위망을 좁히며 입을 열었다.

"마교의 대마두가 강호에는 대체 무슨 일이냐? 어째서 네놈이 이곳에 있는 거지?"

추삼은 정도맹의 무인들이 내뱉은 마교라는 단어를 듣고 새하얗게 질린 얼굴을 해 보였다.

본능적으로 위험한 일에 말려들었다는 사실을 깨달았던 것이다.

동시에 추삼은 자신도 모르게 입을 막았다.

'마교라니!'

그 단어는 강호인이 아니더라도 누구나 겁에 질릴 만큼 공포의 상징이었다.

추삼이 비명이 터져 나가려는 입을 필사적으로 막고 서 있을 때, 공손천기가 귀를 후비며 장난스럽게 물었다.

"왜? 내가 여기 있으면 안 되는 거였나? 여기가 다 너희들 땅은 아니잖아? 설마 나 몰래 여기 사천 땅을 다 사들이기라도 한 거냐, 너희?"

"개, 개소리!"

정도맹의 무인들.

그들은 겁에 질려 있으면서도 마차 주변을 완벽하게 포위했다.

공손천기는 그런 정도맹의 무인들을 바라보며 지나가듯이 말했다.

"그냥 모르는 척하는 게 서로에게 좋았을 텐데…… 너희들은 오늘 어쩔 수 없이 죽어 줘야겠다."

정도맹 무인들의 얼굴에 공포가 떠오른 순간 공손천기의 손이 가볍게 움직였다.

*　　　*　　　*

정도맹주이자 절대십객의 고수 불성 일각.

그는 은밀하게 사천성에 와 있었다.

목적은 간단명료했다.

천하제일인 악중패의 행보 때문인 것이다.

"그래서, 악중패가 청성산에 올라갔는데 지금까지 내려오지 않았다고?"

"예. 속하가 살펴보고 있는 동안에는 내려오지 않았습니다."

"그 괴물 자식이 청성파 장문인을 만나서 단순히 농담 따먹기나 하고 있지는 않을 테고…… 무슨 일이지? 목적이 뭐야, 대체?"

만약 악중패가 청성파 장문인에게 손을 댔다면 지금쯤

소문이 났을 것이다.

한데 너무 조용했다.

'뭔가 있다?'

청성파 장문인 자청.

그는 정도맹 내부에서도 상당히 외인 취급을 받는 존재였다.

장문인치고는 무공도 약했고, 회의 중에 스스로의 생각을 발언하는 일도 거의 없었다.

'게다가……'

무슨 이유인지는 모르겠지만 청성파 자체가 차츰 세력을 줄이고 있었다.

문도 수가 적어지고 있었던 것이다.

강호에서는 사람이 많다는 것 자체가 힘이고 권력이었기에 그동안 꾸준히 약해지고 있던 청성파는 정도맹 내부에서 그다지 큰 조명을 받지 못하고 있었다.

'자청…… 그 영감에게 내가 보지 못한 무언가가 있었던가?'

일월 악중패.

놈의 무력은 분명 최고였다.

전대 무림맹주를 일격에 죽이고, 무림맹 전체를 초토화시킨 사건은 분명 전설적인 일화였으니까.

때문에 그런 엄청난 존재가 청성산에 머무는 것만으로도 청성파 입구는 매일 사람들로 북적였다.

참배객들이 늘었고, 자연히 기부금도 늘어 갔다.

청성파로서는 나쁠 게 전혀 없는 것이다.

단지 사람들이 악중패에 대해 물어보면 청성파의 제자들은 약속이라도 한 듯 입을 다물었다.

심지어 정도맹 측에도 그 이유에 대해서 말해 주지 않고 있었다.

"답답하네, 이거."

정도맹주 일각은 고민에 잠겼다.

악중패라는 괴물을 사냥하기 위해 정도맹은 지난 수십 년 동안 끊임없이 준비를 해 왔다.

그리고 이제야 겨우 악중패의 행방을 알아내고 그 준비된 것들을 시험해 보려는데, 악중패에게 손을 댈 수가 없는 상황이 되어 버렸다.

그렇게 정도맹주가 고민하고 있을 때 그의 옆에서 조용히 무언가를 매만지던 노인이 입을 열었다.

"흘흘, 나더러 빨리 여기까지 오라더니 대체 언제까지 기다리게 할 참인가?"

"으흠…… 왜? 자네 한가한 거 아니었나? 모산파에서 할 거 없다고 기어 나온 거잖나."

"나는 한가하지. 한데 제자들이 쓸데없이 걱정하니까 그렇지. 아무래도 배교 쪽 일도 있고 해서 염려가 되는 듯하이……."

이빨이 빠져서 입술을 우물우물거리는 노인.

그는 술법으로 유명한 모산파의 장문인이었다.

그의 말에 정도맹주 일각은 고개를 갸웃거리며 물었다.

"또 그놈의 배교인가. 아직도 둘 사이의 문제를 해결하지 못했나?"

일각의 물음에 모산파의 장문인, 위연은 크게 한숨을 내쉬며 말했다.

"초위명이라는 영감탱이가 워낙에 신출귀몰하니까……
사실 이건 그 영감을 잡지 못하면 우리가 지는 싸움이지. 잘못하면 문파가 통째로 날아가게 생겼으니 제자들이 걱정을 안 하겠는가?"

"호오? 초위명이라는 자가 그렇게 대단한가?"

위연은 어두운 얼굴로 고개를 끄덕였다.

"대단하지. 괜히 자칭, 타칭 천하제일이라 불리겠는가? 우리 모산파에 쳐들어와서 난동을 부렸던 때를 생각하면 아직도 아찔할 정도일세."

현재 정파에서 유일하게 술법의 명맥을 제대로 이어 가고 있는 문파는 모산파밖에 없었다.

다른 문파들이 무공에 치중하는 것과 달리 모산파만은 술법에 그 비중을 크게 두고 있었던 것이다.

그리고 그 선택은 옳았다.

모산파는 무공으로는 결코 천하제일이 될 수 없었지만, 술법에서는 단연 독보적인 위치에 올라설 수 있었던 것이다.

그런 모산파의 장문인 입에서 이런 앓는 소리가 나올 줄은 꿈에도 몰랐던 일각이었다.

"그나저나 천하제일이라…… 그거 되게 거슬리는 단어구만. 내가 이번 일 끝나고 좀 도와줄까?"

일각이 은근하게 묻자 위연은 반색하는 얼굴로 말했다.

"안 그래도 그 부탁을 좀 할까 했네."

위연이 너무도 덥석 승낙하자 일각이 움찔하더니 자신의 반질반질한 머리를 한 번 쓸며 말했다.

"어지간히 심각한 모양이네."

"초위명, 그자만 처리하면 되네. 그자만 어떻게든 해 주게나."

"초위명이라……."

처음에 배교라는 집단에서 모산파에 도전장을 보내왔을 때 모산파는 당연히 그들을 무시했다.

배교라는 단체가 있다는 건 알았지만, 그들은 말 그대로 사교 집단이었고 그 만들어진 역사에 비해서 활동도 미미했던 것이다.

그런 곳에서 뜬금없이 도전장을 보내니 단지 기가 막혔을 뿐이다.

'초위명……'

배교의 교주라는 자가 제자들 스무 명과 불쑥 모산파에 등장한 날 위연은 정신이 아득해질 정도의 충격을 받았다.

그때의 충격과 공포는 아직까지 잊히지 않을 정도였다.

'한낱 인간이 어떻게 죽음을 관장하는 저승 명부를 다룰 수 있지?'

아직도 잘 이해가 되지 않는 부분이었다.

대체 무슨 수작을 어떻게 부렸는지 모르겠지만, 저승 명부라 불리는 사율계(死律界)를 초위명이 가지고 있었던 것이다.

그 보라색 부적 같아 보이는 곳에 무언가를 적으니 모산파 제자들이 별다른 저항도 하지 못하고 죽어 나갔다.

더 늦기 전에 위연이 목숨을 걸고 극단적인 조치를 취하지 않았다면 모산파는 그날로 멸문했을지도 몰랐다.

'술법으로 사람을 어찌 그리 쉽게 죽일 수 있단 말인가?'

모든 술법은 반드시 대가를 치러야만 했다.

인과율(因果律, 원인과 결과의 율법) 때문이다.

한데 초위명에게는 그런 것이 전혀 없었다.

그래서 무서운 것이다.

'하지만⋯⋯.'

다행히도 무서운 건 초위명 하나였다.

그때 모산파도 엄청난 대가를 치렀지만 배교 쪽도 완전히 무사하진 못했다.

초위명을 제외한 배교의 제자들 중에 단지 다섯만 살아 돌아갔으니까.

그때 초위명이 물러가면서도 당당하게 했던 말이 아직도 위연의 가슴을 묵직하게 내리눌렀다.

'오늘부로 모산파는 천하제일이라는 단어를 쓰지 마라. 천하제일 술법사는 너희들 따위가 아니야. 바로 나다.'

위연이 그날의 악몽을 되새기고 있을 때.

일각이 찻잔을 입으로 가져가며 말했다.

"자네가 악중패의 일을 도와주면 나도 확실하게 자네 일을 도와주겠네. 이건 거래니까."

위연은 고개를 끄덕였다.

사람들이 흔하게 착각하는 것이 있다.

술법을 잡술로 취급하며 무공보다 못하다 여기는 것이다.

'큰 착각이지.'

술법을 궁극까지 익히게 되면 무공 못지않았다.

아니, 무공보다 더욱 엄청났다.

한낱 인간이 천재지변까지 일으킬 수도 있는 것이다.

하나 그런 엄청난 술법들을 익힌 술법사들이 그동안 무림에서 크게 활동하지 않은 이유는 간단했다.

'인과율 때문이지…….'

무언가 거대한 힘을 사용하고 나면 그 이후에 오는 대가가 너무 컸던 것이다.

그래서 많은 술법사들이 무리하지 않는 선에서 숨을 죽이고 살아가고 있었다.

'물론 초위명 같은 존재는 예외였지만…….'

초위명의 술법은 너무 괴이했기에 같은 술법으로는 도저히 감당할 수 없었다.

그를 상대하려면 오히려 전혀 다른 방법으로 접근해야 했다.

그런 면에서 정도맹의 맹주 일각이 거들어준다면 크게 도움이 될 것이 분명했다.

'악중패라…….'

그의 무공이 얼마나 뛰어날지는 사실 위연도 잘 모른다.

전공 분야가 다르기에 짐작이 잘 가지 않는 것이다.

단지 그는 악중패 역시 초위명과 같은 부류일 것이라 생각했다.

그렇다면 악중패를 상대할 방법 역시 새로운 방법으로 접근해 볼 필요가 있었다.

어쩌면 술법에서 해결 방법이 생길지도 모른다.

정도맹은 거기에 어떤 작은 기대를 걸고 있었다.

'뭐, 이건 겨우 시작일 뿐이니까.'

아직 이것 말고도 준비한 것들은 여럿 있었다.

정도맹주 일각은 무언가를 열심히 준비하는 위연을 보며 음흉하게 미소 지었다.

*   *   *

"여러 사람 번거롭게 만드네."

공손천기의 사형인 풍혈마군 전윤수.

그가 벌여 놓은 일 때문에 지금 강호는 난리였다.

서문 세가와 반씨 세가가 풍혈마군에 대한 추적을 정도맹에 공식적으로 요청한 것이다.

"납치를 했다고? 반유하를?"

헛웃음이 새어 나왔다.

사형은 본래부터가 신중한 사람이니 분명 그 나름의 이유가 있을 거라는 생각은 들었다.

하지만 아무리 그렇다 해도 이건 그 뒤처리를 할 사람은 전혀 생각해 주지 않는 모양새다.

"망할……."

정도맹 녀석들이 공손천기의 앞을 막은 것도 다 그 사건 때문이었다.

지금 와서 생각해 보면 이상하긴 했다.

정도맹 녀석들이 평소에 이렇게까지 성실하게 일을 하진 않았으니까.

갑작스러운 검문이라니?

그놈들의 일처리치곤 너무 성실하지 않은가?

'어찌 되었건 최대한 빨리 돌아가야겠다.'

정도맹 녀석들을 죽인 것은 쉽게 넘어갈 수 없는 일이었다.

최대한 말끔하게 흔적을 지우긴 했지만 알려지는 건 시간문제니까.

한시라도 빨리 시우 녀석을 찾아서 다시 돌아가야 하는 것이다.

그때 공손천기에게 보고서를 올렸던 비마대주 비영이 조심스러운 얼굴로 입을 열었다.

"이제 곧 교주님께서 언급하셨던 장소로 의심되는 마지막 후보지입니다."

비영이 내미는 문서를 바라보며 공손천기가 고개를 갸웃거렸다.

"천석산?"

"예."

"이번에는 확실하겠지?"

공손천기는 시우의 꿈을 역으로 타고 들어가 배교 놈들이 있는 장소를 알아내는 데 성공했다.

하지만 그곳의 정확한 위치나 이름은 알 수 없었다.

덕분에 죽어나는 것은 비영이었다.

그는 각지의 지리적 특성을 조사하고 자료를 모으며 부족한 정보를 보충했다.

그래도 공손천기가 묘사해 준 장소에 해당하는 후보지가 너무 많았지만 어찌어찌 추려 낼 순 있었다.

"그럴 리는 없겠지만 만약 이곳이 아니라면…… 처음부터 정보를 재구성해야 할 것 같습니다."

비영이 핼쑥해진 얼굴로 말하자 공손천기는 피식 웃었다.

"확실해지기도 전부터 너무 쉽게 좌절하지 마라. 잘되겠지."

공손천기는 장난스럽게 대꾸하며 비영이 건넨 다른 보고서를 받아 읽었다.

"초위명이라……."

같은 사교 집단이었지만 천마신교와 배교는 그 입지나 규모가 천지 차이였다.

현재 강호에서 배교라는 단체는 그 입지가 무척이나 미미했다.

보통 사람들은 그 이름조차도 들어 본 적 없을 정도였으니까.

그리고 사실 그게 잘 이해가 되지 않는 공손천기였다.

'내가 봤던 그 영감의 힘은 분명 진짜배기였는데?'

배교의 교주 초위명이 지닌 힘은 진짜였다.

어설픈 흉내나 눈속임 같은 사기가 아니라 말 그대로 '진짜' 술법을 쓰는 것이다.

'그 영감은 분명 초혼술과 비슷한 것을 썼다.'

초혼술.

다른 사람의 영혼을 제 맘대로 다루는 최고위급 술법이다.

시우가 그 술법에 걸려서 정신을 못 차리고 호랑이의 몸을 빌려서 자신을 만나러 온 것을 봤을 때, 속으로 얼마나 놀랐던가?

그런 엄청난 힘을 지닌 영감이 있는데도 이상하게 배교에 대해서는 평가가 좋지 않았다.

"애들이 그동안 이렇게까지 존재감이 없던 이유가 뭐지?"

공손천기의 질문에 비영이 재빠르게 입을 열었다.

"아마 모산파 때문이 아닐까 사료됩니다."

"모산파?"

"예."

모산파는 정도맹에 소속되어 있는, 명실상부 최고의 술법 문파였다.

그들 때문에 배교가 묻혀 있었다?

공손천기가 흥미로운 얼굴로 비영을 바라보았다.

"이유는?"

"과거 배교가 모산파를 박살 내려 쳐들어갔다가 패배한 적이 있습니다. 당시의 상세한 전말까지는 알 수 없지만, 그때 이후로 배교는 모산파의 눈을 피해서 완전히 종적을 감췄다고 알려져 있습니다."

비영의 추가 보고에 공손천기의 얼굴에 떠올라 있던 흥미가 더더욱 짙어졌다.

"그 말은 모산파에서 초위명이라는 영감을 제압했고, 배교는 그 패배 이후로 모산파가 무서워서 숨어 버렸다 이 말이냐?"

"예. 그래서 모산파는 여전히 천하제일 술법 문파라 강호에서 칭송받고 있습니다."

공손천기의 입가에 재미있다는 미소가 떠올랐다.

"모산파라……."

분명 그들 중에 누군가, 초위명과 엇비슷한 정도의 실력자가 있는 모양이었다.

그게 아니라면 이건 말이 되지 않았으니까.

술법이라는 것은 이런 면에서 무공과 아주 비슷했다.

일정 경지에 올라서면 머릿수로 어찌해 볼 수 없었다.

배교주 초위명은 이미 일정 경지는 넘어선 지 오래인 것으로 보이니 그를 제압하려면 그와 견줄 만한 수준의 술법사가 있어야 했다.

'초위명과 모산파라······.'

그 이름을 몇 번이고 되뇌며 공손천기는 미소 지었다.

제법 재미있는 그림이 그려지려 하고 있었다.

아직 둘 사이의 관계를 깊숙하게 알 수는 없었지만 그다지 유쾌한 사이가 아닌 건 분명했다.

그러는 사이 그들이 탄 마차는 목적지에 도착했다.

"도착했습니다."

마부 추삼이 조심스럽게 말하자 비영은 조마조마한 얼굴로 마차 문을 열었다.

이어서 공손천기가 한 걸음 바닥으로 내디디며 주변을 둘러보다 말했다.

"······비영, 너는 제법 운이 좋은 놈인 거 같다. 찾았다. 바로 여기다."

비영은 공손천기의 입가에 그려져 있는 미소를 바라보며 바닥에 엎드렸다.

드디어 찾아낸 것이다.

그동안의 마음고생이 한순간에 녹아내렸다.

들뜬 얼굴의 비영을 내려다보던 공손천기는 조용하게 입을 열었다.

"그럼 악당에게 납치되어 있는 미녀를 구하러 가 볼까나?"

납치되어 있는 미녀.

그것은 시우를 말하는 게 분명했다.

시우가 들었으면 거품 물고 쓰러질 만한 말이었지만 공손천기는 개의치 않았다.

그저 마차에서 내린 순간부터 어딘가를 바라보며 미소 지을 뿐이었다.

"눈치챘나……."

시선이 느껴졌다.

놀랍게도 아주 먼 곳에서부터 어떤 시선이 느껴진 것이다.

"조급해하지 말고 거기서 기다리고 있어. 곧 가니까."

공손천기의 말은 산의 정상 부근에서 지켜보고 있던 초위명에게 정확하게 들렸다.

그는 눈을 감고 있다가 번쩍 뜨며 잔뜩 상기된 얼굴을 해 보였다.

"정말 왔다 이거지?"

저번의 그 괴상한 놈이 정말로 이곳까지 찾아올 줄은 예상하지 못했다.

이곳에 무슨 위험이 있을 줄 알고 온다는 말인가?

그런데도 찾아왔다.

이건 초위명에게 엄청나게 흥분되는 사건이었다.

'이 얼마나 오만한 놈이냐?'

근래에 초위명은 모든 것들이 시시했다.

재미없고, 지루했던 것이다.

그런데 갑작스럽게 등장한 이상한 놈은 초위명에게 무척이나 신선하고 자극적이었다.

"먼 곳에서 온 손님을 실망시키면 안 되겠지."

손님 맞을 준비는 다 되어 있었다.

이제 녀석이 오면 격렬하게 환영만 해 주면 되는 것이다.

자리에서 일어난 초위명은 작게 콧노래를 흥얼거리기 시작했다.

*   *   *

사막왕 야율무제는 근래에 무척이나 바빴다.

어찌어찌 사천성에 자리를 잡긴 했는데 근방에 있는 정도맹 소속 문파들이 적풍단을 노골적으로 소외시키고 있었기 때문이다.

그들은 인정하기 싫은 것이다.

거대 세력이자 새외 세력인 적풍단이 그들과 같은 영역으로 들어오는 것이 무척이나 거북스러웠으니까.

'쯧, 좀생이 같은 놈들.'

그러다 보니 어느샌가 정도맹 사이에 스며들어서 세력을 키우기는커녕, 언제 어느 순간 기습을 받아도 전혀 이상하지 않은 상태가 되어 버렸다.

'물론 여기까지는 예상했지.'

야율무제는 바보가 아니었다.

이 정도의 상황도 예상하지 못했다면 애초에 사막왕이 되지도 못했을 것이다.

그랬기에 그는 지금 이후의 대책을 선택해야만 했다.

'이대로 계속 정도맹 문파와의 친교를 위해 노력하느냐 아니면 다른 길로 걸어가느냐……'

생각의 시간은 그리 길지 않았다.

사막왕 야율무제는 미리 준비해 온 다른 길을 선택했다.

다른 길.

그것은 정도맹 소속의 문파들이 아니라 사천성에 있는 사파의 중소 문파들과 교류하는 것이었다.

사막왕이 그들과 직접적인 친교를 나누고 급속도로 인맥

을 넓혀 가자 정도맹 측에서도 곧장 반응이 왔다.

'적풍단이 사파 쪽에 붙는다면 이건 커다란 문제가 된다.'

그동안 사파의 문파들은 하나의 단단한 구심점이 없었는데 적풍단 정도의 세력이라면 그 역할을 충분히 해 줄 수가 있었던 것이다.

그럼 일이 생각지도 못하게 커질 수 있었다.

그래서 아미파의 장문인과 정도맹 사천 지부의 지부장이 함께 급하게 사막왕을 찾아왔다.

"용건이 뭐지? 시간이 없으니 짧게 하도록."

아미파의 장문인.

태정 신니는 사막왕 야율무제를 마주한 채로 작게 한숨을 내쉬었다.

불과 며칠 만에 상황이 역전되어 버린 것이다.

'과연 노련하구나, 사막왕.'

사막왕 야율무제.

그는 자신들이 먼저 찾아올 것을 알고 있었다.

이렇게 노골적으로 사파 문파들과의 인맥을 넓히게 되면 사천성에서 그의 눈치를 보지 않을 사람이 없다는 점을 정확히 꿰뚫어 보고 있었기 때문이다.

'좋지 않다.'

아미파의 장문인 태정 신니는 함께 온 사천 지부의 지부장, 곽일적에게 눈짓해 보였다.

그냥 돌아가자는 신호였던 것이다.

하나 곽일적은 그 신호를 무시하고 한 걸음 나아가 사막왕에게 예의를 갖추며 말했다.

"사천 지부의 곽일적이 사막왕을 뵙니다."

"그래. 자네가 정도맹의 사천 지부장이겠지?"

"그렇습니다. 사막왕이시여."

야율무제는 한껏 느긋한 얼굴로 그를 바라보다 입을 열었다.

"본인이 그동안 예의를 갖춰 자네를 비롯한 사천의 주인들을 여러 차례 만나려 했는데 다들 피하기만 하더구만. 그렇게 바쁜 사람들이 이렇게 시간을 쪼개어 직접 이곳까지 찾아와 주니 무척이나 감동스럽군."

사막왕의 비아냥거림에도 곽일적은 사람 좋은 미소를 그리며 선선히 인정했다.

"사막왕께서도 대략 짐작하시겠지만 그때는 이쪽에도 나름의 복잡한 사정이 있었습니다. 하지만 지금은 아니지요. 사정이 잘 풀렸고, 사천에 있는 모두가 사막왕과 친분을 나누기를 희망하고 있습니다."

"호오? 그래?"

"그렇습니다. 그 대표격으로 아미파의 장문인께서 저와 함께 온 것이지요."

사막왕 야율무제는 고개를 돌려 태정 신니를 응시했다.

할 말이 있으면 해 보라는 무언의 압박에 태정 신니는 한숨을 내쉬며 한 걸음 앞으로 나섰다.

"아미파의 태정이 사막왕을 뵙니다. 아미타불……."

"방금 이 친구 말을 들어 보니 그쪽이 나와 친교를 나누고 싶다고 했다는데 사실인가?"

"……."

태정 신니는 곧장 대답하지 않고 신중한 얼굴을 해 보였다.

그녀가 보았을 때, 지금 이 상황이 그렇게 좋지만은 않았던 것이다.

모든 상황을 사막왕 야율무제가 통제하고 있었다.

'전부 그의 뜻대로 흘러가고 있다.'

이것은 정도맹 입장에서는 무척이나 좋지 않았다.

그의 심성이 어떠할지까지는 알 수 없었지만, 한 사람에게 너무 많은 힘이 생기는 것은 분명 위험한 일이었다.

그리고 그 한 사람이 야심을 가지고 있는 사람이라면 더더욱 경계해야 하는 문제다.

"음? 왜 대답이 없지? 사실과 다른 건가?"

"……."

태정 신니는 여전히 입을 다문 채 사막왕을 응시하고 있었다.

사막왕은 태정 신니의 눈을 피하지 않은 상태로 곽일적을 향해 입을 열었다.

"아미파 장문인의 반응을 보니 자네가 나에게 거짓말을 한 모양이로군. 용기가 가상하군그래."

"……아, 아닙니다. 사막왕이시여."

"중원인들의 예의는 이런 것인가? 내가 그렇게 만만하게 보였나?"

사막왕의 낮은 어투에 곽일적의 웃는 얼굴 위로 식은땀이 줄줄 흐르기 시작했다.

야율무제가 노골적으로 불편한 기색을 떠올리자 초조해져 버린 것이다.

『대체 무엇을 그리 생각하십니까, 신니? 지금 상황에서 적풍단이 사파 쪽에 붙는다면 그 뒷감당을 어찌하실 작정이십니까?』

곽일적이 다급하게 전음을 날렸지만 태정 신니는 여전히 입을 다물고 야율무제를 하나하나 꼼꼼하게 살펴보고 있다.

그 담담하고 올곧은 시선에 야율무제는 속으로 제법 감

탄을 터트리고 있었다.

'과연…… 쭉정이는 아니라 이거로군.'

사천성에서의 일을 너무 쉽게만 생각한 것일까?

야율무제가 태정 신니의 시선을 피하지 않고 정면으로 마주한 채 그녀를 꿰뚫어 보려 할 때, 태정 신니가 느릿하고 긴 한숨을 내쉰 후 천천히 입을 열었다.

"대답하기 앞서 묻고 싶은 것이 있습니다. 사막왕이시여."

"물어보게, 신니. 그대는 충분히 그럴 자격이 있어 보이는군."

단순히 무공이나 연륜에서 보자면 태정 신니는 사막왕에게 상대가 되지 않는다.

당연히 그에게 인정을 받지도 못했을 것이다.

하나 사막왕은 태정 신니 내면의 단련된 깊은 구석을 보았기에 그녀를 인정한 것이다.

태정 신니는 꼿꼿하게 허리를 편 채로 사막왕을 똑바로 바라보며 입을 열었다.

"사막왕께서는 지금부터라도 우리와 진지하게 교분을 나누실 마음이 있으신 겁니까?"

사막왕 야율무제.

그는 흐릿하게 웃어 버렸다.

"나에게 먼저 사랑 고백을 하라는 말인가?"

"……빗대어 말하는 것이라면 그렇습니다. 아미타불……."

태정 신니는 농담을 하지 않았다.

그리고 돌려 말하지도 않았다.

오로지 스스로가 생각하고 판단한 것을 담담하게 풀어 갈 뿐이었다.

그리고 지금 그것이 현재 상황에서 가장 정확한 핵심을 찔러 갔다.

'역시 제법이군.'

이래서 오래된 문파의 전통과 연륜은 무시할 수가 없었다.

만약 방금 전에 아미파가 선선히 친하게 지내고 싶다고 말을 해 버린다면 적풍단의 위치만 인정해 준 꼴이 되어 버린다.

그 상태에서 적풍단이 그들의 제안을 거절하고 사파에 붙는다면 일은 걷잡을 수 없을 정도로 커지는 것이다.

태정 신니가 염려하는 것이 바로 이 부분이었다.

"내가 사파 쪽에 붙는 것이 두려운가, 아미파의 장문인?"

"그렇습니다."

"이상하군. 내가 알기에 그들은 아직 별 힘이 없는데, 그런데도 두렵던가?"

야율무제의 질문에 태정 신니는 고개를 끄덕였다.

"아미타불…… 사파의 문파들은 아직 구심점이 없어 힘이 없는 것입니다. 그러나 강한 힘을 가진 적풍단이 그들 편에 선다면 분명 달라질 겁니다."

어느새 곽일적은 마른침을 삼키며 둘의 이야기를 듣고만 있었다.

그제야 자신이 낄 자리가 아님을 눈치챈 것이다.

'큰일이군.'

그가 보았을 때 태정 신니의 태도는 너무 꼿꼿했다.

평소에 유하고 부드럽기만 했던 그녀가 너무도 다른 강경한 태도를 보이자 곽일적은 잔뜩 긴장한 채로 돌아가는 상황만 지켜보고 있었다.

'사막왕 앞에서 이렇게 꼿꼿하고 당당하게 말할 줄이야……'

이건 생각도 하지 못한 일이었다.

곽일적이 태정 신니에 대한 나름의 감탄과 불안을 가지고 상황을 지켜보고 있자 사막왕 야율무제의 입가에 특유의 음험한 미소가 떠올랐다.

"그대는 상황을 너무 정확하게 꿰뚫어 보고 있군. 두려울 정도다."

"……."

"클클클, 게다가 내 입을 먼저 열게 만들다니 제법이야.

아미파를 다시 봤다. 아니, 사천성에 있는 모든 문파들을 다시 보게 되는군. 덕분에 아주 신중하게 움직일 수 있게 되었다."

태정 신니는 어두워진 안색으로 야율무제를 바라보며 무겁게 말했다.

"……당신은 지금의 선택에 책임을 질 수 있겠습니까?"

"물론. 나는 지금까지 내 선택에 항상 한 점의 후회가 없었다."

호쾌하게 대답하던 사막왕은 잠시 움찔하더니 천마신교의 교주가 된 누군가를 떠올리며 인상을 찡그렸다.

"아니…… 한 번은 있었군. 하지만 지금부터는 다르지."

"사천성에는 저만 있는 게 아닙니다. 각오를 하셔야 합니다."

"걱정 마라. 어느 정도는 준비해 놨으니까. 어찌 되었건 그대에게는 정말 감탄했다. 옆에 있는 허우대만 멀쩡한 놈과는 질적으로 다르군."

곽일적이 사막왕의 노골적인 모욕에도 꿀 먹은 벙어리처럼 고개를 숙일 때.

야율무제는 태정 신니에게 천천히 다가가며 잔혹하게 웃어 보였다.

"그대가 지금까지 지적한 부분들, 그것들은 모두 옳다. 그리고 나는 이미 선택을 내렸지. 그 선택은 바뀌지 않는다."

"……아미타불."

태정 신니는 깊은 한숨을 내쉰 후 천천히 눈을 감았다.

곽일적은 돌아가는 상황이 점차 이상해지자 불안한 얼굴로 사막왕의 눈치를 살폈다.

그때 야율무제가 말했다.

"나는 너희들에게 충분한 기회를 줬다, 분명히. 이건 결국 너희들이 자초한 일이다."

야율무제의 전신이 핏빛으로 물들고 그의 손끝에서 강기가 뿜어져 나왔다.

그제야 곽일적은 어버버거리며 뒷걸음질 쳤다.

"너희들의 목숨이 바로 내 대답이다."

푸아악—!

핏물이 난자했고, 사막왕은 그것을 뒤집어쓴 채 미소 지었다.

적풍단.

그들은 지금 이 순간 사파의 편에 섰다.

그리고 그것이 천하를 더더욱 혼란스러운 상황으로 몰아갔다.

第四章
명왕

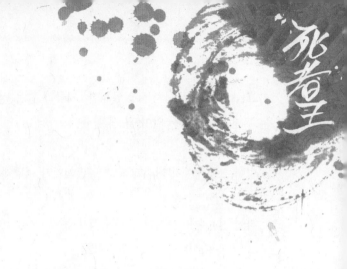

전윤수는 요 근래 참으로 곤란했다.

반천강을 만났을 때.

어떻게 하다 보니 일이 단단히도 꼬여 버렸고, 그 난감한 상황을 모면하기 위해 반유하를 덥석 납치해 버렸던 것이다.

'그래, 거기까지는 있을 수도 있는 일이다.'

본래라면 그 일이 끝나고 반유하를 곧장 풀어 줬어야 했다.

일이 더 커지기 전에 놓아 줘야만 하는 것이다.

안 그랬다가는 분노한 반씨 세가의 추적을 피할 수 없을 테니까.

그들이 딱히 무섭지는 않았지만, 지금과 같은 상황에서는 무척이나 성가신 일이 될 게 뻔했다.

'게다가……'

일이 그렇게까지 커지게 되면 공손천기가 어떻게 반응할지 모른다.

사실 전윤수는 반씨 세가보다 그 부분이 더 걱정이었다.

'그런데 어쩌다 이렇게 된 거지?'

전윤수는 인적이 드문 곳에 도착하자마자 납치한 반유하를 잘 달래서 돌려보내려고 했다.

그런데 문제가 생겨 버렸다.

그녀가 부득불 전윤수를 따라가겠다고 우기고 나선 것이다.

'그때 그냥 기절시켜서 떼 놓고 왔어야 했다.'

처음부터 대화를 하는 게 아니었다.

아무래도 악감정이 생기는 게 마음에 걸려서 좋게 좋게 대화로 풀어 주려고 한 것이 오히려 화근이 되어 버렸다.

그녀가 공손천기를 만나게 해 달라며 엉겨 붙은 것이다.

사실 그는 이미 천마신교에서 쫓겨난 입장이었기에 이건 처음부터 말도 안 되는 부탁이었다.

그래서 당연히 거절했다.

그런데 반유하는 그의 말을 믿지 않았다.

계속 귀찮게 엉겨 붙는 것이다.

그래서 한번은 몰래 버려두고 떠나려 했더니 귀신같이 눈치채고 눈에 쌍심지를 켜면서 도리어 이쪽을 위협해 왔다.

"버려두기만 해 봐. 최대한 숨어 다니면서 우리 할아버지한테 평생 쫓기게 만들 테니까. 만약에 강제로 돌려보내도 마찬가지야."

"……."

참으로 지독한 여자였다.

상황이 상황이다 보니 전윤수가 이러지도 저러지도 못하고 있자 자혁이 입을 열었다.

"이대로라면 잡히는 건 시간문제입니다, 주군."

"그렇겠지."

참으로 쓸데없는 일에 발목을 잡혀 버렸다.

본인 스스로가 생각해도 너무 한심한 상황이라 헛웃음이 새어 나올 때.

자혁은 자고 있는 반유하를 잠시 바라보더니 수혈을 짚어서 확실하게 재운 다음에 말했다.

"엄청나게 고생을 시켜서 제 발로 떨어져 나가게 해야 할 듯합니다. 주군."

"고생을 시킨다?"

"예. 이대로라면 이 지독한 여자는 떨어지지 않을 겁니다."

자혁은 지난 며칠 사이에 무척이나 수척해져 있었다.

그답지 않게 황당한 소리를 굉장히 낮은 목소리로 진지하게 말하는 것을 가만히 듣고 있던 전윤수가 문득 빙긋 웃어 버렸다.

"네 입에서 지독하다는 단어가 나온 것을 보면 이 여자는 정말 이쪽 방면으로 재주가 있는 여자군."

"……그렇습니다, 주군."

자혁은 순순히 인정했다.

이 여자는 정말 지독한 여자였다.

지난 열흘 동안 자혁의 고생은 정말 이루 말할 수가 없을 정도였으니까.

전윤수가 제대로 상대를 안 해 주다 보니 누군가가 반유하의 등쌀에 시달려야 했는데, 그것은 역시나 모든 일에 진지한 자혁의 몫이었다.

반유하는 자혁을 마교의 졸개라고 부르며 쉬지 않고 갖은 협박과 욕을 해 댔던 것이다.

그러는 와중에도 온갖 잔심부름은 다 시켰다.

물론 자혁도 이 '심부름'에 대해서만큼은 단호하게 대처하긴 했지만, 그 모든 일을 겪으면서 반유하의 패악질에 질려 버린 것은 당연한 결과였다.

"아예 본인 스스로가 지쳐서 나가떨어지게 만들어야 합니다, 주군."

전윤수는 턱을 쓰다듬으며 무언가를 가만히 생각하다가 씁쓸한 어조로 말했다.

"그게 과연 가능할까? 너도 알겠지만 달랑 셋이서 사막도 건너려고 한 여자다. 게다가 워낙 귀하신 몸이니 직접적으로 다치게 해서도 곤란하지."

부정적인 말이었지만 자혁은 자신감 있게 고개를 끄덕였다.

"그래도 다행히 수치심은 알고 있는 것 같았습니다. 또 자존심도 보통 이상으로 높으니 일은 오히려 어렵지 않을 듯합니다, 주군."

그동안 객잔과 편안한 숙소만을 골라서 조용하게 이동했던 전윤수 일행이었다.

하지만 이제부터는 아니었다.

'일부러 험한 길로 유도해 주마.'

남자와 여자는 신체 구조부터가 다르다.

노숙이나 험한 길로 여행을 다니다 보면 얼마든지 불편한 상황들을 만들 수 있다.

자고 있는 반유하를 내려다보는 자혁의 눈은 어느새 시우를 바라볼 때처럼 원한에 불타고 있었다.

반유하는 이 진지하고 진중한 사내가 원한을 품을 정도
의 말괄량이였다.

정작 당사자인 반유하는 자혁의 이런 계획을 전혀 모른
채 편안하게 자고 있었다.

*　　　*　　　*

산길을 걷던 공손천기는 어느 순간 멈춰 서서 조용히 정
면을 살펴보았다.

그러다 피식 웃으며 입을 열었다.

"준비도 참 많이 해 놨다."

앞으로 다섯 걸음 이후부터가 '경계'였다.

그 뒤로는 완전히 상대방이 주도권을 쥐고 있는 땅인 것
이다.

잠시 품에 안고 있던 강아지를 만지작거리던 공손천기가
하늘을 바라보며 말했다.

"아무래도 여기서부터는 나 혼자 가야겠다. 너희들은 여
기서 기다려."

그의 말에 은신하고 있던 수하들이 격렬하게 전음을 날
렸지만 공손천기는 고개를 저어 그들의 전음을 막았다.

"그놈이 무슨 수작을 어떻게 부린 건지 아직 잘 모르겠

지만, 내 눈이 틀리지 않았다면 저건⋯⋯."

공손천기는 경계선 너머에 있는 무언가를 바라보며 씨익 웃었다.

"죽어서야 볼 수 있다는 삼도천이거든."

저승에 흐르는 강.

그것이 바로 삼도천이다.

공손천기가 그렇게 말했지만 주변에 은신해 있던 수하들 중 그의 말을 완전히 이해하는 사람은 없었다.

그들은 술법에 대해 무지했기에 여전히 목소리를 높여 반대했다.

잠시 목을 긁적이던 공손천기는 소매에서 대나무 통을 하나 꺼내 들었다.

그리고 그것을 가볍게 흔들기 시작했다.

촤륵― 촤륵―

그 후 공손천기는 잘 섞인 대나무 통에서 괘효를 한 번 슥 뽑아 보고는 피식 웃었다.

"역시 안 돼. 대흉의 괘다. 이건 머릿수로 해결될 문제가 아니지. 이 앞으로는 나 혼자 간다."

이후로 약간의 소란스러움이 있었지만 공손천기는 단호했다.

"더 귀찮게 굴 거냐?"

『…….』

수하들은 결국 공손천기를 막지 못했다.

공손천기는 교주.

교주의 말은 그들에게 곧 법이었던 것이다.

"착하게 기다리고 있어라."

공손천기는 느긋하게 걸음을 움직였다.

그리고 경계선 너머에 발을 올려놓는 그 순간, 그의 몸이 한순간에 연기처럼 사라졌다.

'어?'

몸을 은신하고 공손천기를 호위하던 주상산은 눈을 부릅떴다.

공손천기의 기척이 거짓말처럼 완전히 사라진 것이다.

모두가 우왕좌왕하고 있을 무렵 정작 당사자인 공손천기는 느긋한 얼굴로 눈앞에 펼쳐진 회색빛 강물을 바라보았다.

"……점점 그놈의 정체가 궁금해지는데?"

삼도천은 애초에 인간이 다룰 수 있는 성질의 것이 아니었다.

말 그대로 저승에만 존재하기 때문에 삼도천인 것이다.

인간의 육체와 영혼을 분리시키는 곳이자 살아생전의 기억을 지우는 곳이 바로 삼도천이다.

'뭔가 좀 어설프긴 하지만 삼도천은 삼도천이지……'

여러 가지 생각들이 떠올랐지만 공손천기는 일단 잡생각은 미뤄 두고 주변을 둘러보았다.

보통의 경우 평범한 사람이 이 강을 건너게 되면 강바닥으로 육체가 빠져 버린다.

그렇게 해서 영혼만 따로 떨어져 나가는 것이다.

'하지만 그래선 곤란하니까……'

공손천기는 정신을 집중한 채 계속 주변을 살펴보았다.

이게 삼도천이라면 분명 있을 것이다.

계속 주변을 살피다가 마침내 저 끝에 조그맣게 찾던 게 보이자 공손천기는 히죽 웃었다.

"어설프긴 해도 있을 건 다 있네."

강을 건너게 해 주는 작은 조각배.

그것이 꽤 먼 곳에 정박해 있었다.

공손천기가 몸을 움직여 그곳에 도착하자 조각배 위에 서 있던 시커먼 존재가 웃으며 말했다.

"끄끄끄, 손님. 이 배의 정원은 한 명입니다만?"

미끌미끌한 피부에 날카로운 송곳니.

치명적인 독기가 뿜어져 나오는 괴물을 물끄러미 바라보며 공손천기는 실실 웃었다.

"한 명밖에 못 탄다고?"

"네."

"네가 사공이고?"

"물론입죠. *끄끄끄.*"

공손천기는 밑바닥이 뻥 뚫려 있는 이 이상한 조각배를 한참 바라보다가 히죽 웃으며 올라탔다.

배에 탄 게 아니라 뱃전 위에 올라 선 것이다.

그러자 사공이 정색하며 말했다.

"그 개는 위험하니 어서 빨리 강가에 내려놓으시죠, 손님. 정원 초과입니다."

"당연히 지금은 정원 초과겠지."

공손천기는 뱃전 위를 가볍게 걸어 사공에게 다가가더니 곧장 그를 발로 뻥 걷어차 강물로 밀어 버리며 말했다.

"이러면 됐지?"

"이, 이 새끼가!"

강에 빠져 허우적거리는 괴물을 내려다보며 공손천기가 미소 지었다.

"어디서 야차 따위가 저승사자 흉내를 내고 있어. 건방지게."

야차라 불린 괴물은 뱀처럼 세로로 찢어진 동공으로 공손천기를 쏘아보며 말했다.

"한낱 인간이 그 배를 움직여 강을 건널 수 있겠느냐?"

"물론 가능하지."

공손천기는 여전히 뱃전에 선 채로 소맷자락을 휘둘렀다.

그러자 검은 바람이 뿜어져 나가 강바닥을 쳤고 배가 얼음판 위를 미끄러지듯이 쭉쭉 강을 건너가기 시작했다.

"어? 어어?"

야차는 당황한 얼굴로 서둘러 헤엄쳐 배를 쫓아왔다.

꽤나 빠른 속도였지만 조각배를 따라잡진 못했다.

야차가 다시 이를 악물고 속도를 높이자 천천히 조각배를 따라잡기 시작했다.

하지만 공손천기는 전혀 신경 쓰지 않고 계속 조각배를 몰아갔다.

그러다 조각배가 강의 한복판쯤에 도달했을 때 야차가 득의양양한 얼굴로 배의 정면을 막아섰다.

"잡았다, 인간!"

야차는 뱀처럼 두 갈래로 갈라진 혓바닥을 내밀며 독기 가득한 얼굴을 해 보였다.

공손천기는 그런 야차를 바라보며 해맑게 미소 지었다.

"그럼 돌아갈 때도 잘 부탁해, 사공."

"뭐?"

공손천기는 뱃전에서 뛰어내려 야차의 머리통을 밟았다.

그리고 그것을 디딤돌 삼아 반대쪽 강가를 향해 몸을 날렸다.

솨아아악—

단 한 번의 도약.

그것으로 남은 강의 절반을 건너선 것이다.

공손천기는 반대쪽 강가에 도착해서 사공을 돌아보며 손을 흔들었다.

"그럼 가 볼게."

야차는 전신을 부들부들 떨었다.

너무 분한 것이다.

하지만 어쩔 도리가 없었다.

그는 강에서 벗어날 수가 없는 몸이었으니까.

공손천기 역시 그것을 알았기에 망설임 없이 등을 보이며 걸어 나갔다.

그리고 이어지는 다음 관문을 바라보며 어처구니없는 얼굴을 해 보였다.

"환영 인사가 너무 기네."

강을 건너자 바로 보인 것은 저승 관문이라 할 수 있는 통원전이었다.

생전에 했던 잘잘못을 가려서 천국과 지옥으로 보내는 곳이 바로 여기였다.

"그런데……."

관문 위쪽에 걸려 있는 현판.

그것을 바라보며 공손천기는 어이없는 얼굴로 툴툴 웃었다.

음은 같지만 한 글자가 달랐다.

본래 실제로 저승에 있는 곳은 통원전(通原殿, 근본으로 통하는 곳)이었지만, 이곳은 통원전(通怨殿, 원한으로 통하는 곳)인 것이다.

근원을 뜻하는 단어가 교묘하게 원망으로 바뀌어져 있었다.

"이건 또 재미있는 장난질이네."

공손천기는 거침없이 안으로 들어섰다.

활짝 열려 있는 대문을 넘어서자 품에 있던 강아지가 낮게 으르렁거렸지만 공손천기는 천천히 그를 달래 주다가 정면을 바라보며 미소 지었다.

"네가 이곳의 명왕이냐?"

공손천기의 정면.

그 가장 높은 자리에 수많은 야차들에게 둘러싸인 초위명이 앉아 있었다.

해골로 만들어진 옥좌에 앉아서 공손천기를 내려다보고 있었던 것이다.

"물론이지, 공손천기. 내가 만든 명계에 잘 왔다."

공손천기는 고개를 끄덕였다.

역시 여긴 진짜 저승이 아니라 초위명이 인위적으로 만든 가짜 저승인 모양이었다.

저승과 이승의 틈바구니에 교묘하게 공간을 파내어 만들어 놓은 가짜 명계.

그래서 모든 것들이 저승과 비슷했지만 조금씩 달랐던 것이다.

"꽤나 잘 만들긴 했네. 다른 놈이 들어왔으면 깜박 속았겠지. 칭찬은 이 정도면 됐고, 나는 내가 맡겨 둔 물건을 찾으러 왔는데 그건 어디 있지?"

초위명은 웃었다.

공손천기가 시우를 찾아서 이곳까지 온 것을 그도 잘 알고 있었던 것이다.

그는 한쪽 눈을 가린 안대를 매만지며 음산하게 말했다.

"그 전에 먼저 나한테서 가져간 물건부터 돌려줘야지?"

"아아, 그거?"

공손천기는 가볍게 손가락을 튕겼다.

그러자 초위명은 안대에 가려져 있던 자신의 왼쪽 눈을 부여잡으며 얼굴을 일그러뜨렸다.

엄청난 고통과 함께 눈이 돌아왔던 것이다.

"끄으으……."

초위명이 고통스러워하자 공손천기는 생글거리며 말했다.

"많이 아프신가 보네, 우리 명왕님께서."

"너 이 새끼……."

초위명은 자신도 모르게 찔끔 흘린 피눈물을 닦아 내며 공손천기를 노려보았다.

대체 저놈이 뭘 믿고 이곳에서 저렇게 당당한지 이해가 되지 않았던 것이다.

"네가 어떤 상황인지 아직 이해를 못 한 건가?"

"우리 가짜 명왕님께서는 내가 그렇게 멍청해 보였나?"

"좋아. 네가 언제까지 그렇게 이죽거릴 수 있는지 지켜보는 것도 재미있겠지."

초위명은 말을 끝내자마자 눈앞에 있는 책상을 왼손으로 내려쳤다.

그러자 책상 위에 하나의 명패가 떠올랐다.

명왕(冥王)이라 적힌 명패.

"응?"

이건 정확했다.

조금 전의 통원전처럼 눈속임을 하려는 게 아니라 어디에도 속임수가 없는 진짜 명왕의 명패인 것이다.

공손천기의 눈썹이 꿈틀거릴 때 초위명이 웃으며 오른손
으로 책상을 내려쳤다.

그러자 책상 위로 보라색 서책이 떠올랐다.

초위명의 행동을 말없이 지켜보던 공손천기의 얼굴에 처
음으로 변화가 생겼다.

그건 강력한 불신(不信)이었다.

"……너 설마 그것까지 어설프게 흉내 낸 건 아니겠지?"

"그럴 리가 있겠냐? 우리 교주님을 상대하는데 어설픈
가짜는 통하지 않겠지. 안 그래?"

공손천기는 거기까지 듣고 얼굴을 찡그리며 말했다.

"인간이 사율계를 가지고 있다고? 그걸 나더러 믿으라는
거냐, 지금?"

사율계.

그것은 저승 명부였다.

산 자와 죽은 자 모두의 수명이 적혀 있는 책.

저승에 있는 명왕들은 저것을 보고 판단을 내리는 것이
다.

"나 역시 지금은 명왕이니 이것을 볼 수 있는 게 당연하
지 않겠냐?"

"미쳤군."

초위명은 약간 들뜬 얼굴로 보라색 책을 집어 들었다.

그 순간 공손천기가 움직였다.

그의 양손이 앞으로 뻗어지고 손목 아래 부분이 눈앞에서 사라졌다.

그리고 그 손목이 다시 나타난 곳은 초위명의 머리 위였다.

시커먼 구멍이 열리고 거기서 거대하게 변한 공손천기의 손이 나타나 초위명의 전신을 뭉개려고 달려든 것이다.

"쯧, 조급하긴 했나 보구만, 우리 교주님께서. 하지만 어쩌나? 나를 지키는 신장들이 이렇게 많은데?"

"……귀장들이겠지."

공손천기는 조금 서둘러서 움직였다.

저놈이 개수작을 부리기 전에 먼저 부숴 놔야 하는 것이다.

그런데 초위명 주변에 서 있던 야차들이 공손천기 손에 우르르 달려들었다.

공손천기는 얼굴을 찡그렸다.

손을 움직여 그놈들을 다 쳐 냈을 때는 이미 초위명이 보라색 책을 손에 쥐고 있었다.

"내가 이겼다, 공손천기."

보라색 책을 손에 든 초위명은 그것을 재빠르게 펼쳐 무언가를 찾기 시작했다.

공손천기의 이름을 찾는 것이다.

그 움직임은 매우 신속했고, 능숙해 보였다.

그는 이미 경험이 아주 많았던 것이다.

'이건 꽤 위험한데.'

공손천기는 그때까지 가지고 있던 여유를 버리고 직접 움직였다.

바닥을 귀신처럼 미끄러지듯이 움직여 초위명에게 다가간 것이다.

그사이 무언가를 찾아낸 초위명의 얼굴에 승리의 미소가 떠올랐다.

"찾았다, 요놈!"

초위명의 손에 들려 있던 붓이 움직이고 공손천기의 얼굴이 일그러진 것은 거의 동시에 벌어진 일이었다.

*　　　*　　　*

사막왕의 후계자 야율주혁은 최근 심각한 고민에 빠져 있었다.

'그때 무슨 수를 써서라도 말렸어야 했다.'

사막왕 야율무제, 그가 아미파를 비롯한 사천 지역 모든 정파들과 척을 지려 한다는 사실은 이미 알고 있었다.

당연히 야율주혁은 아버지를 말렸다.

너무 위험한 결정이었으니까.

하지만 소용없었다.

야율무제는 지금까지 위험하고 아슬아슬한 도박을 즐겨 했고, 그것을 늘 성공시켜 왔다.

이미 그런 방식에 대한 확신이 있었기 때문에 말려도 소용이 없었던 것이다.

'적을 만들지 않는 것이 최선의 방법일 텐데…….'

야율주혁이 판단하기에는 세력 확장이 좀 느려지더라도 적을 만들지 않는 것이 가장 좋았다.

장기적으로 보았을 때, 그편이 훨씬 이득이 된다고 여긴 것이다.

'하지만…….'

아버지 사막왕 야율무제는 지나치게 일을 서두르고 있었다.

야율주혁으로서는 그 조급함을 이해할 수가 없었다.

도무지 이유를 알 수가 없었던 것이다.

'어찌 되었건 아버지가 결정을 내리신 일이다.'

아미파 장문인의 목과 정도맹 사천 지부장의 목.

대화를 위해 찾아왔던 두 사람의 목만 돌려보낸 것은 분명 정도맹 전체를 적으로 만들기에 충분한 행위였다.

하지만 그 반동으로 사파에서는 열렬한 환영을 받았다.

그 강력하고도 확고한 의지가 확실히 전달되었던 것이다.

'사천 지역 사파 문파의 팔 할이 적풍단의 영향 아래로 들어왔다.'

대의명분을 중시하는 정파와 다르게 사파의 문파들은 분위기에 민감했다.

그들은 강자를 숭상했고, 강한 사람 밑에서 일하기를 원했다.

그리고 악명이 높으면 높을수록 이곳에서는 대접을 받을 수 있었다.

야율무제는 그 점을 정확하게 꿰뚫어 보았고, 그들이 원하는 방식으로 강렬하게 보여 주었다.

덕분에 미적거리고 눈치만 살피던 사파의 문파들이 대거 적풍단 밑으로 들어오게 되었다.

'이제부터는 한숨을 돌리며 내부 정리를 해야 할 때다.'

수하로 받아 달라고 해서 무작정 다 받아줄 수는 없었다.

쓸 만한 놈들만 남기고 어중이떠중이들은 걸러 내야만 하는 것이다.

그리고 이 작업은 무척이나 귀찮고 번거로운 작업이었다.

'하지만 꼭 필요한 작업이다.'

너무 악랄하거나 더러운 녀석들도 내쳐야만 했다.

덩치만 불린다고 해서 그 지역을 접수할 수 있는 게 아니다.

그만큼 확실하게 내실을 다져야 하는 것이다.

야율주혁은 자신의 오른팔이자 두뇌라고 할 수 있는 구야명을 바라보며 입을 열었다.

"다른 지역에서의 반응은 어떻지?"

사천 지역의 사파는 이미 적풍단이 거의 다 흡수했다고 봐도 무방했다.

쓸 만한 문파부터 차례로 먹어치웠으니까.

'문제는 다른 지역이다.'

단순히 사천 지역의 사파만 흡수해서는 정도맹과 싸움이 되지 않는다.

구야명은 잠시 허둥거리다가 몇 개의 문서를 앞으로 내밀었다.

"바로 옆에 있는 지역인 감숙성에서만 약간의 호응이 있었습니다."

야율주혁은 고개를 갸웃거렸다.

"그 말은 다른 지역에서는 반응이 없다는 말인가?"

"……예."

야율주혁의 얼굴이 심각해졌다.

이래서는 곤란했던 것이다.

"이유가 뭐지? 아버지와 나는 이 정도의 일이라면 분명 사파 쪽에서 난리가 났을 거라 여겼는데?"

구야명은 이마에 흐르는 식은땀을 닦아 내며 조심스럽게 말했다.

"천하에 이미 사막왕께서 하신 일보다 더욱 큰 사건을 만든 사람이 있었습니다. 현재 사천성이나 감숙성을 제외한 곳에 위치한 사파의 문파들은 그쪽으로 줄을 대고 있습니다."

"그게 누구냐?"

아미파 장문인의 목숨보다, 사천 지부장의 목숨보다 더욱 큰 사고를 친 녀석이 있다?

야율주혁의 착 가라앉은 목소리에 구야명이 입을 열었다.

"흑월회주입니다."

"흑월회주?"

"예."

대체 뭐하는 놈일까?

야율주혁의 얼굴에 의문이 떠오르자 구야명이 또 다른 문서를 내밀었다.

"최근 급격하게 주목받고 있는 살수입니다. 한낱 살수에 불과하긴 하지만 그의 행적들이 제법 대단합니다."

"……."

야율주혁은 침착한 얼굴로 구야명이 내미는 문서를 받아 읽었다.

처음에는 무표정했던 그의 얼굴에도 차츰 놀람이 떠올랐다.

"절대십객을 무려 둘이나 죽였다? 이게 사실인가?"

"예. 그것도 모두 정도맹 소속 고수들입니다."

"살수가 화경의 고수를 죽였다?"

이건 엄청난 사건이었다.

화경의 고수쯤 되면 애초에 암습이 통하지 않았다.

독을 쓰거나 정면으로 죽이는 수밖에 없는 것이다.

"목격자들의 말에 의하면 모두 정면에서 일대일 승부로 죽였다고 합니다."

"……."

이 말이 의미하는 것은 한 가지다.

흑월회주라는 자.

그자의 무공이 적어도 이미 화경의 경지라는 말이었다.

'그리고 화경의 고수를 죽일 수 있는 화경의 고수라는 것은…….'

죽은 자들의 명단을 보니 절대십객에서도 하위권에 있는 자들이긴 했다.

하나 그들을 꺾었다는 것은 최소한 절대십객 내에서 중간 이상의 실력자라는 소리다.

"게다가……."

구야명은 뒷말을 꺼내려다가 머뭇거렸다.

야율주혁은 재촉하지 않았다.

별반 좋은 얘기는 아닐 것 같다는 생각에서였다.

잠시 후 구야명이 갈등 끝에 입을 열었다.

"정확한 정보는 아니지만 현 흑월회주의 나이가 이제 막 이십 대 후반에 들어섰다고 들었습니다."

"……!"

"때문에 가능성과 미래를 보고 사파의 고수들이 그곳에 몰려들고 있는 실정입니다."

가능성과 미래라는 단어에 야율주혁은 침묵을 지켰다.

사막왕과 흑월회주를 비교해 보았을 때 지금 시점에서는 당연히 사막왕이 든든해 보이긴 할 것이다.

'문제는…….'

사막왕에게는 그 이후가 없었다.

후계자라고 할 수 있는 야율주혁의 실력이 아직 화경에 미치지 못했던 것이다.

'오히려 이런 부분에서 내실을 키워야 했던 것인가.'

이곳에 앉아서 사파의 쭉정이들을 골라내는 일이 중요한 게 아니었다.

지금부터는 시간을 쪼개서 조금이라도 더 스스로의 무공을 갈고닦아야 하는 시점이었다.

하루라도 빨리 화경에 올라서야만 적풍단에게도 든든한 미래가 생길 수 있었다.

야율주혁은 구야명을 바라보다가 입을 열었다.

"좋은 자극을 받았다."

"……송구합니다, 주군."

구야명이 복잡한 얼굴로 고개를 숙였다.

자신의 의도대로 이야기가 흘러간 것은 좋았지만 그것이 주군의 마음을 불쾌하게 했을 것이기 때문이다.

하지만 다행히 야율주혁의 그릇은 그렇게 작지 않았다.

그는 구야명을 바라보며 입을 열었다.

"네가 무슨 말을 하려는지 이제야 알게 되었다. 그리고 이건 네가 옳다."

무인들의 세계에서는 무공이 강한 것이 곧 법이었다.

한 마디로 강하기만 하면 뭐든지 용서가 되는 것이다.

"나머지 일은 네가 도맡아 해 주겠나?"

"명을 받듭니다."

야율주혁은 몸을 일으켰다.

이제부터라도 늦지 않았다.

그에게는 훌륭한 스승이 있지 않은가?

'아버지에게 모든 것을 물려받아야 한다.'

아직 그의 아버지 사막왕은 건재했고, 그가 지닌 무공은 천하에서도 손에 꼽히는 것이었다.

최고의 스승 밑에서 다시 한 번 진지한 배움이 필요한 시점이었다.

걸음을 옮기는 야율주혁의 얼굴에 차츰 생기가 떠올랐다.

그렇게 사막의 미래가 새롭게 움직이기 시작했다.

*   *   *

배교의 술법은 전통적으로 '소환'에 치중되어 있었다.

다른 세계에만 존재하는 '무언가'를 이쪽 세계로 소환해서 힘을 행사하는 것이다.

그런 면에서 보자면 현재의 배교주 초위명은 매우 뛰어난 술법사였다.

'사율계'라는 말도 안 되는 것을 소환해 버렸으니까.

공손천기도 사율계 앞에서는 긴장할 수밖에 없었다.

명왕들의 저승 명부이자 사람들의 수명을 쥐락펴락할 수

있는 무소불위의 힘이 거기에 있었다.

그리고 지금 막 초위명이 사율계에 적힌 공손천기의 수명을 고치려 하고 있었다.

'늦었다.'

공손천기의 얼굴이 일그러졌다.

조금 더 빨리 움직였어야 했다.

괜히 여유 부리다가 모든 것을 망쳐 버린 셈이다.

그가 난감한 얼굴을 할 때, 막상 사율계에 붓을 가져간 초위명은 멈칫하며 얼굴을 찡그렸다.

"뭐야, 너?"

"……?"

"이런 건 처음 보는데?"

초위명은 무슨 이유 때문인지 붓을 움직이지 않고 머뭇거렸고, 그건 공손천기 역시 마찬가지였다.

둘이 머뭇거리고 있는 사이 움직이는 존재가 있었다.

공손천기의 가슴팍에 웅크리고 있던 강아지가 앞으로 뛰어 나간 것이다.

쿠아아아—!

순식간에 청강빛이 번쩍이는 효천견으로 변한 강아지.

초위명은 그 갑작스러운 움직임을 예상치 못해서 미처 대응하지 못했다.

그대로 왼쪽 어깻죽지를 물려 버렸던 것이다.

"크악! 빌어먹을!"

초위명은 다급하게 멀쩡한 오른팔을 들어 기이한 문양을 그리기 시작했다.

그리고 빈 허공에서 만들어진 무언가가 효천견을 공격하려던 순간 이미 효천견은 공손천기의 옆으로 돌아와 있었다.

"망할 것! 이 때려죽여도 시원치 않을 놈!"

초위명은 자신의 몸을 감싸고 있는 새카만 비늘의 뱀을 만지며 효천견을 노려보았다.

효천견은 그러거나 말거나 날카로운 이를 드러내며 으르렁거렸다.

그사이 초위명이 뒤로 한 걸음 물러섰다.

그런데 그 한 걸음이 보통 평범한 걸음이 아니었다.

공손천기는 은밀하게 공격하려다가 그 특이한 움직임에 자신도 모르게 혀를 찼다.

"축지법? 별걸 다 쓸 줄 아는 놈이네."

초위명은 대답하지 않고 사율계를 들어 올리며 말했다.

"공손천기, 네놈 수명이 남들과 다르게 조금 특이하긴 하지만 굳이 못 바꿀 것도 없다."

공손천기는 양손을 늘어뜨리며 기회를 엿봤다.

순식간에 달려들어 놈에게서 단번에 사율계를 뺏어야만
했다.

'저놈이 붓을 드는 순간을 노린다.'

그렇게 천천히 거리를 재고 있는 도중에 갑자기 초위명
이 씨익 웃더니 어깨에서 흐르는 피를 손가락에 찍어 사율
계에 가져갔다.

"이렇게 된 마당에 굳이 붓을 쓸 필요는 없겠지."

"……!"

공손천기가 이를 악물고 움직였다.

그의 몸이 두 개로 갈라지는 것처럼 이동해서 순식간에
초위명 앞에 나타난 것이다.

신법의 최고봉이라는 이형환위였다.

동시에 공손천기는 붉게 타오르는 손바닥을 뻗었는데 초
위명의 몸을 칭칭 감싸고 있던 검은 비늘의 뱀이 먼저 반응
했다.

퍽—!

키에에엑—!

뱀이 비명을 지르며 몸부림쳤지만 정작 공손천기의 목표
물이었던 초위명은 멀쩡했다.

그리고 이미 그 짧은 사이에 초위명은 무언가를 사율계
에 적어 버렸다.

"히히, 이제 그만 뒈지거라, 공손천기."

하지만 초위명의 예상과는 다르게 공손천기는 멈추지 않았다.

여유롭게 웃고 있는 초위명을 향해 발을 움직였던 것이다.

"어?"

뭔가 잘못되었다.

'이게 아닌데?'

초위명이 당황하다가 황급하게 손을 움직였지만 이미 늦었다.

공손천기의 발길질을 피할 수가 없었다.

퍼엉—!

초위명은 복부에 정확하게 꽂힌 공손천기의 발끝에 피분수를 토해 내며 뒤로 날아갔다.

"끄엑!"

바닥에 쓰러져 구역질을 하자 피와 함께 잘라진 내장 조각들이 토해져 나왔다.

초위명이 납득할 수 없는 상황에 경악스러운 얼굴을 해보일 때, 갑자기 공손천기의 움직임이 딱 멈춰 버렸다.

그리고 전신을 부들부들 떨기 시작했다.

그 모습을 바닥에 엎드려서 지켜보던 초위명은 입가에

피 칠갑을 한 상태에서 실실 웃기 시작했다.

"히히, 효과가 늦게 발동하는 놈이었냐?"

초위명이 '그럼 그렇지'라는 표정으로 바닥에 가득한 피를 손가락에 묻혀 허공에 이상한 문양을 그리기 시작했다.

그리고 검붉게 빛나는 그것을 입으로 집어삼켰다.

고통으로 일그러져 있던 초위명의 얼굴이 순식간에 편안해지며 전신에 활력이 돌아왔다.

초위명은 바닥에서 벌떡 일어나 전신을 덜덜 떨고 있는 공손천기에게 다가갔다.

"하하, 마교의 교주를 죽였으니 이제 내 명성이 끝도 없이 올라가겠군."

더욱 확실하게 하려면 놈의 머리를 잘라서 천하에 공개해야 했다.

그때.

크르르—

공손천기의 바로 옆에 있던 효천견이 사납게 으르렁거린 탓에 초위명은 그에게 다가갈 수가 없었다.

"건방진 놈. 신수라고 하더라도 감히 내 상대가 될 것 같으냐, 너 따위가?"

초위명은 가볍게 비웃으며 주변에 있던 야차들을 움직여 효천견의 발목을 붙잡으려 했다.

동시에 본인이 직접 다시 한 번 공손천기의 목을 떼어 내려고 할 때.

"응? 뭐야?"

허옇게 눈을 까뒤집고 번개 맞은 것처럼 전신을 떨던 공손천기의 움직임이 거짓말처럼 멈췄다.

동시에 사방을 짓누르는 묘한 분위기.

초위명은 의아한 얼굴로 공손천기를 바라보다가 경악한 표정을 지으며 재빨리 뒤로 도망쳤다.

공손천기가 눈을 허옇게 뒤집은 채로 입가에 미소를 그렸던 것이다.

"젠장맞을! 네놈 대체 정체가 뭐야?"

[크흐흐…… 좋구나. 정말 좋은 몸뚱이다, 이건. 본 교역사상 이렇게 좋은 재료는 없었지.]

허옇게 눈을 뒤집은 공손천기.

그는 자신의 몸의 이곳저곳을 주물럭거리며 대단히 흡족하게 웃었다.

전체적인 분위기도 그랬지만 목소리가 뭔가 이상했다.

지옥의 한구석에서나 들릴 법한 음산하고 사악한 음성이었던 것이다.

초위명이 뭔가 심상치 않은 분위기를 느끼고 조용히 강력한 술법들을 준비하고 있을 때, 갑자기 공손천기의 머리

위로 거대한 붉은 눈이 불쑥 떠올랐다.

"어?"

그것을 바라보던 초위명은 한순간 멍청한 얼굴을 해 보였다.

그러다가 새하얗게 질린 얼굴로 뒤로 빠르게 물러나기 시작했다.

"저, 저거……."

저건 마왕의 눈이었다.

그것도 어설프게 힘을 빌려온 가짜가 아닌 진짜 순수한 마왕의 눈.

그 피가 떨어질 듯 붉은 눈동자는 초위명을 잠시 힐긋 바라보다가 시선을 돌려 공손천기를 내려다보았다.

눈이 뒤집힌 공손천기 역시 고개를 들어 올려 붉은 눈동자를 마주 보았다.

둘은 그렇게 한동안 시선을 마주쳤다.

그러다 공손천기가 미소 지으며 말했다.

[클클, 좋아. 오늘은 여기까지만 하도록 하지. 나도 마왕이랑 다시 싸우긴 싫거든. 하지만 분명히 말해 두는데 이제 몸뚱이의 소유권은 나에게 있다. 이건 내 거야. 절대 포기 못 하지.]

붉은 눈동자는 뭔가 마땅치 않다는 기색을 보였지만 곧

눈을 감았다.

초위명은 그 둘의 대화를 숨죽이고 듣고 있었다.

그러다 붉은 눈동자가 갑자기 사라지자 겨우겨우 숨을 몰아쉬었는데 그게 공손천기에게 들린 모양이었다.

[어이, 네놈.]

"나?"

[그래, 네놈.]

초위명은 자신을 똑바로 바라보는 공손천기를 응시했다.

공손천기가 허옇게 변한 눈동자로 음침하게 웃자 초위명은 순간 소름이 돋았다.

그래서 자신도 모르게 손에 꾸역꾸역 모아 둔 술법을 냅다 뿌려 버렸다.

다짜고짜 펼쳐진 공격은 생각보다 강력했고, 또한 아주 위험했다.

부동명왕의 심판의 번개.

그것이 하늘에서부터 공손천기에게 떨어져 내린 것이다.

第五章
초위명의 고난

　시우에게는 남들에게 말하지 않은 아주 특별한 재주가
있었다.

　'아니, 말하지 못한 거지…… 나도 몰랐던 거니까.'

　이상하게 동물들이 자기를 잘 따른다는 생각은 예전에도
종종 한 적이 있다.

　하지만 이 정도일 줄은 몰랐다.

　당지광이 애지중지 아끼는 까마귀가 시우만 보면 아주
좋아서 난리를 쳐 댔던 것이다.

　평소에는 얌전하게 가만히 있으면서 시우 앞에서는 두
날개를 퍼덕이며 새장 밖으로 나가지 못해 안달이었다.

"대체 왜 이래? 진정해, 마누라! 까악!"

처음에는 당지광도 당황했다.

늘 조용하고 낯가림이 심했던 '마누라'가 이렇게 적극적으로 변한 이유를 몰랐으니까.

한데 그 이유가 시우와 관련 있다는 것을 알게 된 요즘은 시우를 아주 연적(戀敵, 연애를 방해하는 사람) 보듯이 쏘아보곤 했다.

그는 오늘도 찾아와서 침상에 누워 있는 시우를 노려보며 말했다.

"네놈…… 솔직하게 말해라. 대체 내 마누라에게 무슨 짓을 한 거냐. 솔직하게 말하면 용서해 줄 수도 있다. 까악."

"……."

"대체 무슨 개수작을 부렸기에 내 마누라를 이렇게 만든 거지? 응? 까악?"

당지광은 지금 몹시 진지했다.

그리고 그의 얼굴은 고통으로 얼룩져 있었다.

시우에 대한 까마귀의 과한 애정 표현에 진심으로 괴로워하는 것이다.

그러다 결국 시우의 멱살을 잡아 쥔 당지광은 두 손을 부들부들 떨고 있었다.

'……미치겠네.'

자기 여자를 뺏긴 남자의 표정은 이런 것일까?

당지광의 얼굴에 떠올라 있는 좌절감과 처연함은 마주 보고 있던 시우를 거북하게 만들 정도였다.

'난 억울해.'

시우는 정말 억울했다.

그는 정말 아무런 짓도 하지 않았으니까.

'문제는……'

당지광에게 백날 아니라고 그렇게 말해 보았자 전혀 소용이 없다는 점이다.

그는 애초에 시우의 말을 믿지 않고 있었던 것이다.

'돌아 버리겠네, 아주.'

시우는 손으로 뒷머리를 벅벅 긁었다.

까마귀에 완전히 미쳐 있는 당지광이었기에 그가 지금 자신에게 보이는 이 비정상적인 의심과 분노는 지당하다고 볼 수 있었다.

'그래, 처음에는 나도 그렇게 생각했지.'

하나 지금은 아니었다.

현재는 시우 역시 만만치 않게 화가 나 있었다.

아무리 알아듣기 쉽게 말을 하고 자신의 결백을 주장해 봐도 당지광은 그의 말을 들어줄 생각이 전혀 없어 보였다.

"영감님, 지금 크게 오해하고 계신 것 같아서 다시 한 번

말해 드리는데요. 제가 저번에도 여러 차례 분명하게 말씀
드렸지요? 저는 결단코 사모님에게 눈길조차 준 적이 없습
니다. 믿어 주십시오."

시우는 당지광의 눈을 정면으로 바라보며 진심을 담아서
진지하게 말했다.

하지만…….

"크윽……! 내 이 요망한 놈을 진즉 단매에 쳐 죽였어야
했는데…… 내 불찰이다. 까악."

당지광의 동문서답에 시우의 관자놀이에 굵은 핏줄들이
튀어나왔다.

진심으로 열 받은 것이다.

"아니, 사람이 말을 하면 좀 들어야 할 것 아닙니까, 영감
님? 예? 이럴 거면 애초에 질문을 하지 마시든가요. 예?"

"이 간사한 노오옴! 까악!"

"아, 놔……."

시우는 멱살이 잡힌 채 허공에서 곡식 털리듯 탈탈탈 털
리면서 분노로 작게 치를 떨었다.

오히려 예전처럼 노골적으로 때리고 협박하던 때가 훨씬
상대하기 편했다.

그건 익숙한 일이기도 했으니까.

지금처럼 미친놈이 본격적으로 미친 짓을 하기 시작하니

이건 아예 답이 안 나왔던 것이다.

'나 같은 정상인으로서는 도저히 감당이 되지 않는다.'

괴로웠다.

차라리 공손천기 밑에서 혹사당하던 때가 그리울 정도로.

'대체 언제 오십니까, 주군?'

처음에는 부끄럽고 창피해서 공손천기를 보고 싶다는 생각은 손톱만큼도 들지 않았다.

차라리 오지 않았으면 좋겠다고까지 생각했으니까.

하지만 지금은 아니었다.

한시라도 빨리 공손천기가 와 주었으면 하는 상황이었다.

산 정상 전체를 감싸고 있는 진법 때문에 외부의 도움 없이 혼자 도망갈 수 없었기 때문이다.

'제가 이렇게 간절하게 빕니다, 주군. 제발 절 구해 주십시오.'

공손천기의 그 오만하면서도 빈정거리는 웃음이 오늘따라 너무 보고 싶어지는 시우였다.

* * *

초위명은 부동명왕의 번개를 날리면서 재빨리 축지법을 써서 몸을 뒤쪽으로 빼냈다.

'빌어먹을!'

부동명왕의 번개는 정상적인 인간이라면 받아 낼 수 없는 공격이었다.

하지만 눈앞에 있는 괴물.

저건 분명 인간이 아니었다.

인간의 탈을 뒤집어쓰고 있었지만 내용물은 절대 인간이라는 범주에 들어갈 수 없었다.

'더럽게 걸렸다.'

망설일 시간이 없었다.

초위명이 뒤로 물러서는 사이 번개는 공손천기의 몸을 정확하게 가격했다.

짜아아악─!

피부가 터져 나가는 소리와 함께 갑자기 느껴지는 막강한 기운에 초위명은 자신도 모르게 우뚝 멈춰 서고 말았다.

"저건……."

[크크크, 크하하하하!]

우드득─!

번개를 맞은 공손천기는 뼈가 뒤틀리는 소리를 흘리며 덩치를 급격하게 불리기 시작했다.

근육이 크게 부풀고, 키도 훌쩍 커졌다.

얼굴을 제외한 체형이 완전히 다른 사람으로 변한 것이다.

크르르르—

그런 공손천기를 보고 효천견이 낮게 으르렁거리며 당장이라도 달려들 듯한 자세를 취했다.

그러거나 말거나 공손천기는 스스로의 두 손을 들여다보며 만족스럽게 웃었다.

[크크크, 좋다. 아주 좋다! 이게 바로 그렇게 기다리던 최강의 몸뚱이가 아니냐?]

공손천기.

아니, 정확하게는 그의 몸을 차지한 천마 홍순원.

그가 송곳니가 드러나게 웃으며 초위명을 바라보았다.

[네놈에게 무슨 상을 줘야 할지 모르겠다.]

광기로 번들거리는 눈빛.

전신에서 넘실거리는 거대한 힘.

초위명은 눈을 가늘게 뜨고 천마 홍순원을 노려보았다.

"건방진 것만 보면 원래 몸뚱이 주인이나 바뀐 놈이나 별반 차이가 없네. 내가 얼마나 우습게 보인 거야, 대체?"

홍순원은 초위명의 투덜거림에 벌겋게 웃으며 한 걸음 움직였다.

그러자 축지법이 펼쳐지며 순식간에 초위명의 코앞에 천마가 등장했다.

[클클클, 네놈 덕분에 세상 구경을 제대로 하게 생겼으니

한순간에 죽여 주마.]

"……지랄도 그 정도면 병이다."

말을 하던 초위명의 동공이 갑자기 뱀처럼 세로로 변했다.

동시에 천마가 움직였다.

천마의 주먹이 초위명이 서 있던 자리에 떨어져 내렸던 것이다.

콰아아앙—

콰지지직—!

엄청난 폭음과 함께 사방에 균열이 가기 시작했다.

그리고 그 균열은 점차 커지더니 이윽고 천지가 무너지기 시작했다.

[크크크, 도망쳤느냐…….]

그래 봤자 얼마 도망가지 못했을 것이다.

쫓아가서 박살 내 주면 그만이었다.

천마 홍순원은 초위명이 만든 저승이 서서히 무너지는 것을 지켜보며 미소 지었다.

[이제 천하는 내 것이다! 크하하하!]

그렇게 오랜 시간 기다리던 최고의 몸뚱이를 얻었으니 이제 세상을 뒤집어 버리면 그만이었다.

그가 그렇게 광소를 터트리고 있을 때 누군가의 속삭임이 귓가에 들렸다.

[나 없는 사이에 재미를 좀 보셨나 보네. 우리 천마 조사님께서는.]

웃고 있던 천마의 얼굴이 흉측하게 일그러졌다.

그는 어이없다는 얼굴로 빈 허공을 노려보며 입을 열었다.

[네놈이 어떻게 깨어났느냐? 내가 분명히 의식을 완전히 묶어 두었는데?]

[우리 마왕님께서 친절하게 깨워 주셨거든.]

천마 홍순원의 표정이 처참하게 구겨질 때, 공손천기가 낮게 속삭였다.

[그럼 이제 그만 꺼져 줄래?]

콰드득—

뼈가 뒤틀리는 소리와 함께 우락부락했던 공손천기의 몸뚱이가 작게 쪼그라들기 시작했다.

바람 빠진 풍선처럼 급격하게 줄어들던 공손천기는 감고 있던 눈을 떴다.

그러자 어느새 그는 천석산 정상에 서 있었다.

"어찌어찌 진법은 깨진 모양이군."

천마가 그렇게 난동을 부렸으니 진법이 버틸 수가 없는 게 당연했다.

이번에는 다행히 천마와 마왕의 견제 덕분에 죽을 고비를 넘길 수 있었지만 이렇게 요행에 기대는 방식은 분명 오래갈 수 없었다.

'최대한 빨리 해결 방법을 찾아야겠다.'

언제까지고 터질지 모르는 폭탄을 안고 살아갈 순 없는 노릇이다.

해결책을 강구해 놔야만 했다.

그때.

쿵쿵.

공손천기는 자신에게 다가와 조심스럽게 냄새를 맡는 강아지를 바라보다 환하게 웃으며 번쩍 들어 안았다.

"접니다, 개님."

강아지는 자신을 안고 있는 공손천기를 물끄러미 바라보다가 살짝 혀를 내밀어 그의 볼을 핥았다.

헥헥헥.

공손천기는 히죽 웃으며 그런 강아지에게 볼로 비비적거리기 시작했다.

그렇게 둘이 한창 애정 행각을 벌이던 중 퍼뜩 정신을 차린 공손천기가 강아지를 가슴팍에 집어넣으며 말했다.

"그럼 바보 녀석을 구하러 가 볼까요, 개님?"

강아지는 헥헥거리며 고개를 끄덕였고, 공손천기는 빠른 걸음으로 앞으로 걸어갔다.

그 모습을 멀리서 지켜보던 초위명이 낮게 이를 갈았다.

'빌어먹을…….'

오랫동안 공들여 만들어 놓은 진법이 한순간에 작살이 난 상태였다.

저놈 몸뚱이에서 전혀 예상치 못했던 괴물들이 갑자기 튀어나와서 진법을 부쉈던 것이다.

생각할수록 울화가 터지는 상황이었다.

더욱 열 받는 것은 지금 저 빌어먹을 놈을 도무지 제지할 방법이 없다는 것이다.

[꼴이 아주 우습게 되었구나, 아이야.]

갑자기 귓가에 들려온 음성을 듣고 초위명은 낮게 이를 갈았다.

"……그만해. 열 받아 죽겠으니까."

[그러게 내가 분명히 조심하라고 했잖으냐? 저놈 보통 놈이 아니라고.]

초위명은 얼굴을 찡그렸다.

그도 몇 번이고 경고를 들었다.

하지만 이건 자존심이 걸려 있는 문제였다.

천하제일 술법사로서의 자존심.

물러설 수 없었던 상황인 것이다.

"젠장, 위험한 놈인 줄은 알고 있었지만, 아무리 그래도 저승 명부에 수명이 적혀 있지 않은 놈은 너무하잖아? 저런 별종은 난생처음 보네."

이유가 뭘까?

아직도 쉽게 이해가 되지 않는 부분이었다.

보통의 인간들은 태어난 시간과 죽는 시간이 정해져 있다.

그런데 공손천기에게는 태어난 시간은 있어도 죽는 시간은 적혀 있지 않았던 것이다.

[그것을 확인했을 때라도 포기했어야 했다, 아이야.]

웃음기가 다분히 섞여 있는 말투.

초위명은 숨어 있는 상태에서 주먹을 피가 나도록 움켜쥐며 이를 갈았다.

"아오! 열 받아! 우리 묘신님도 약만 올리지 말고 빨리 해결 방법이나 찾아봐. 저 새끼 어떻게든 죽여야겠으니까."

[노력은 해 보마.]

어둠 속에서 초위명과 대화하고 있는 존재, 묘신(猫神)이라 불리는 신은 초위명에게 들러붙어 있는 수호신이었다.

외형은 일반적인 새까만 고양이처럼 보였다.

다만 꼬리가 세 개인 것만이 다른 점일 뿐.

묘신은 자신의 복슬복슬한 털을 혀로 정리하며 느긋하게 말했다.

[같이 있는 효천견이 문제다. 그 녀석도 나와 같은 신수.

내 힘의 직접적인 개입을 어렵게 만들고 있지. 나로서는 도울 방도가 없구나, 아이야.]

"그래서?"

초위명이 눈을 번들거리며 질문하자 묘신은 나른한 얼굴로 답했다.

[쉽게 말해서 포기하라는 이야기지.]

묘신이 세 개의 꼬리를 살랑살랑 흔들며 태연하게 말하자 초위명은 고개를 좌우로 크게 저었다.

"절대 안 돼!"

[포기 못 하겠느냐?]

"절대로!"

초위명의 단호한 대답에 묘신은 미묘한 웃음을 입가에 그렸다.

[그럼 저번처럼 해 봐야겠지.]

"저번처럼?"

초위명의 반문에 묘신은 눈동자의 동공을 세로로 만들며 말했다.

[이번에도 네 명줄을 걸고 사율계를 이쪽 세계로 소환하는 거다, 아이야. 그때 모산파의 아이들을 죽일 때처럼.]

묘신의 말에 초위명의 얼굴이 딱딱하게 굳어졌다.

"정말 그 방법밖에 없어? 다른 건?"

[현재로썬 없다.]

초위명은 자신의 머리를 쥐어뜯으며 이미 멀리 사라진 공손천기의 뒷모습을 쫓았다.

"……그건 안 돼, 이제. 알잖아?"

묘신은 입가에 잔웃음을 그리며 말했다.

[저승에 있는 놈들도 바보가 아니니 쉽지 않겠지. 이번에는 저번처럼 명부의 신장들을 속이기는 어려울 게다.]

"……."

과거 모산파에 쳐들어갔을 때 초위명이 순순히 물러난 이유는 그곳에 있는 모산파가 무서워서가 아니었다.

사율계를 사용할 수 있는 제한 시간이 다 끝났기 때문이었다.

그때도 목숨 걸고 난동을 부렸던 터라 똑같은 짓을 다시 하는 것은 아무래도 무리였다.

"빌어먹을……."

공손천기가 사라진 방향의 끝에는 시우라는 놈과 당지광이 있었다.

그곳에 그들만 있으면 별문제가 없지만 그곳에는 배교의 제자들도 있었다.

거기까지 생각이 미치자 초위명은 재빨리 허공에 손짓해서 무어라 말하기 시작했다.

묘신은 그 모습을 지켜보다가 웃음 지었다.

[제자들을 빼돌린 게냐? 잘 생각했구나.]

"……어쩔 수 없으니까."

분하지만 당장은 맞부딪칠 수가 없었다.

그래도 희망이 있다면 저놈은 자신 몸뚱이에 붙어 있는 것들을 스스로 제어하지 못한다는 점이었다.

'바보 같은 놈.'

물론 인간이 제어할 수 없는 수준의 괴물들이긴 했다.

사실 지금 초위명이 제일 이해가 안 되는 것은 본인도 감당 못 할 괴물들을 왜 억지로 몸뚱이에 쑤셔 넣고 다니는지였다.

'이유가 뭐야, 대체?'

보랏빛의 이글거리던 괴물.

그놈도 그놈이지만 더욱 큰 문제는 그 붉은 눈동자의 주인이었다.

'마왕 파순.'

문헌으로 조사했을 때 분명히 파순은 석가모니가 오랜 기간 어딘가에 봉인해 놓았다고 들었다.

그 봉인 장소가 어딘지는 모르지만 마왕 파순이라는 존재는 그 이름만큼이나 신화적인 악마였다.

태고 때부터 존재했던 악마였으니까.

'뭐 그런 놈과 마주치고 살아남은 것만 해도 행운인 건가……'

그 붉은 눈동자와 마주한 순간 초위명의 강신술이 단박에 깨졌다.

몸에 들어와 있던 묘신이 튕겨져 나간 것이다.

덕분에 손에 들고 있던 사율계가 역소환되어서 없어져 버렸고, 모든 술법들이 무력화되었다.

어마어마한 힘의 차이.

그때의 절대적 공포를 잊을 수가 없었다.

[겁먹지 마라, 아이야.]

묘신의 말에 초위명은 입술을 깨물며 투덜거렸다.

"전설의 마왕을 보고 어떻게 겁을 안 먹어? 내가 만든 영역이었음에도 불구하고 강신술도 깨 버렸는데."

초위명의 우울한 음성에 묘신은 고개를 끄덕였다.

[그놈은 지금 완전히 힘을 잃고 겨우 껍데기만 남아 있는 수준이었다. 아무래도 오랜 봉인 때문에 힘이 약화된 것이 겠지.]

"하! 약해진 게 그 정도라고?"

묘신은 초위명의 어이없다는 말을 듣곤 혀로 자신의 복슬복슬한 팔을 핥으며 말했다.

[그래. 본래대로였다면 그놈과 눈이 마주친 순간 너와 나

는 그 자리에서 소멸되어야 정상이었다.]

"……."

초위명의 얼굴이 일그러질 때, 묘신은 저 먼 곳을 바라보며 말했다.

[그러니 솔직하게 충고하자면 가급적 저놈은 건드리지 마라, 아이야. 나는 너를 잃고 싶지 않구나. 이건 진심이다.]

묘신의 진지한 말을 듣던 초위명의 얼굴에 다채로운 표정이 떠올랐다가 사라졌다.

*　　　*　　　*

깊은 산중, 작은 연못이 있는 고요한 산 정상 부근에 소박하게 꾸며진 정자가 있었다.

그리고 그 정자에는 악중패가 앉아 있었다.

그는 고요한 시선으로 눈앞에 있는 노인을 바라보았다.

'자청 도인…….'

청성파의 장문인이자 과거 강호에서 정의검이라는 별호로 불렸던 노검객이다.

하지만 그는 사실상 강호에서 딱히 이렇다 할 모습을 보여 준 적이 없었다.

강력한 무공을 보여 준 적도 없고, 무언가 거대한 업적을 세운 적도 없었다.

세간에서 그의 평가는 '조용하고 밋밋한, 그저 그런 평범한 검객'이었다.

그런 자청 도인에게는 두 가지 특이 사항이 있었는데, 그것은 바로 그가 '쉰 살'이라는 매우 늦은 나이에 처음으로 강호에 출도했다는 사실이었다.

'출도 당시, 자청 도인은 이미 청성파의 장문인이었다.'

이건 악중패도 알고 있고 강호의 모두가 다 아는 사실이었다.

굉장히 특이한 이력이었으니까.

그리고 두 번째 특이 사항.

그것은 바로 그가 강호에 등장한 이후로 단 한 번도 누군가를 죽여 본 적이 없다는 사실이었다.

공식적으로 단 한 번도 살인을 해 본 적이 없는 무림인.

이것은 자청 도인의 위치를 감안하면 대단히 특이한 일이었다.

"무량수불…… 본디 원하는 것을 얻는 것은 무척 힘든 일이외다. 그렇지 않소이까?"

"……."

악중패는 자청 도인의 말을 묵묵히 들었다.

지난 열흘간 자청 도인은 악중패에게 선문답 같은 질문

을 던져 왔다.

하지만 악중패는 자청 도인의 모든 질문에 대답하지 못했다.

질문이 모호하고 특이한 것도 이유였겠지만, 지금 악중패는 다른 일에 집중하고 있었던 것이다.

눈앞에 있는 자청 도인을 면밀하게 관찰하고 그에 대해 파악하는 데 최대한의 정신력을 할애하고 있었다.

'하지만……'

그 시도는 사실상 실패했다.

상대방을 파악할 수 없었던 것이다.

그게 악중패에게 상당한 곤혹스러움을 안겨 주었다.

'그래도 소득이 전혀 없지는 않았다.'

그동안 자청 도인을 관찰하며 파악한 것들 중 그나마 가장 의미가 있는 정보.

그것은 바로 자청 도인의 몸 안에 내력이 거의 없다는 것이었다.

강호에서 그가 차지하는 위치를 생각했을 때 이건 무척이나 기이한 일이었다.

악중패가 그런 의문을 떠올릴 때, 자청 도인이 빙그레 웃으며 말했다.

"본디 도사에게는 내공이 필요 없는 법이외다."

"……"

자청 도인의 말에 그때까지 별반 변화가 없던 악중패의 눈에서 빛이 번뜩였다.

"설마 그대는 불가에서 말하는 타심통을 얻은 것인가?"

타심통(他心通, 독심술).

쉽게 말해서 상대방의 속마음을 읽는 경지다.

자청 도인은 악중패의 질문에는 대답하지 않고 모호한 미소만 얼굴에 띠었다.

악중패는 그런 자청 도인을 바라보다가 무언가를 파악했음인지 고요한 눈빛으로 입을 열었다.

"이제야 알겠다."

자청 도인을 보았을 때부터 느꼈던 위화감.

그 정체를 드디어 파악한 것이다.

"그대는 곧 이 세상 사람이 아니게 되겠군."

자청 도인이 악중패의 말에 희미하게 웃으며 고개를 끄덕였다.

이미 자청 도인은 그에게 허락된 수명이 끝난 상태였다.

그리고 그쯤 되어서야 무언가를 이룬 모양이었다.

악중패는 자청 도인을 지그시 바라보다 입을 열었다.

"나는 얼마 전부터 적의를 품지 않은 사람을 죽일 수 없게 되었다. 그대라면 그 이유를 알겠지?"

속마음 깊은 곳에 숨겨 두었던 의문을 악중패는 솔직하게 털어놓았다.

뜻한 대로 사람을 죽일 수 없다.

이것은 악중패에게 무척이나 커다란 문제였으니까.

그는 천하에 적이 많았고, 이런 상황에서 사람을 죽일 수 없게 된 것은 분명 엄청난 부담감이었다.

그의 곤혹스러움을 전해 듣고 있던 자청 도인은 고개를 갸웃거리며 물었다.

"무량수불…… 확실히 처음 볼 때부터 이상하다 생각했소만…… 그대에게는 설마 이것들이 보이지 않는 것이오?"

자청 도인이 빈 허공에 손짓하자 악중패는 눈을 가늘게 뜨며 말했다.

"무엇을 보라는 건가?"

"인과율. 혹은 적연지사라 불리는 물건이외다."

"……"

악중패는 다시 한 번 집중해서 자청 도인의 손가락 끝을 따라 주변을 둘러보았다.

하지만 그의 눈에는 아무것도 보이지 않았다.

악중패가 아쉬운 듯한 얼굴로 고개를 젓자 자청 도인이 이해가 되지 않는다는 표정으로 말했다.

"그럴 리가? 그대 역시 이미 정해진 수명이 다했거늘……"

자청 도인이 몇 번이고 빈 허공에 손짓을 해 보였지만 악
중패는 끝까지 아무것도 보지 못했다.

그러자 자청 도인은 한참 고민하다 말했다.

"아무래도 그대는 나와는 달리 해야 할 일이 아직 남은
모양이외다."

"……해야 할 일……."

그랬다.

생각해 보면 악중패는 아직까지도 스스로가 정해 놓은
목표를 이루지 못했다.

'강한 자를 만나 그와 겨루는 것.'

그 목표를 이루기 전까지는 이곳을 떠날 수 없었다.

아직 세상에 강한 자들은 많았으니까.

그런 그의 생각을 읽었음일까?

자청 도인은 악중패를 바라보다가 조용히 말했다.

"신중하게 행동하시오. 그대 역시 허락된 시간이 그리
많지 않소. 사실 내 눈에는 이미 그대가 정해진 시간을 많
이 초과한 것으로 보이오. 이것은 그대도 어렴풋이 짐작하
고 있을 거요."

"……."

정해진 시간을 초과했다는 말이 묵직하게 악중패의 가슴
에 내려앉았다.

그의 얼굴이 흐려질 때, 자청 도인이 말했다.

"지금 몸에 생긴 변화가 그 증거일 거요. 차츰차츰 그렇게 스스로가 원하지 않는 방향으로 변하다가 자연스럽게 끝이 보이게 될 거외다."

"……그렇다면 되돌릴 방법은 없는가?"

악중패의 반문에 자청 도인은 고개를 끄덕였다.

"이미 그릇이 깨어져 쏟아져 버린 물은 다시 담을 수가 없는 법이외다. 그것을 되돌릴 방도가 있었다면 내가 먼저 사용했을 게요."

자청 도인은 그렇게 말을 하다가 실수로 들고 있던 찻잔을 바닥에 쏟았다.

그 모습을 씁쓸한 얼굴로 바라보던 자청 도인이 말했다.

"보시는 대로 이제는 내 몸뚱이도 마음대로 움직일 수 없을 지경이오. 빈도는 정말 가야 할 시간이 머지않은 모양이외다."

"……."

악중패는 시선을 돌려 자청 도인을 바라보았다.

자청 도인 역시 악중패를 바라보았다.

둘의 시선이 허공에서 마주치고 악중패 특유의 유리알처럼 맑고 투명한 시선과 마주하는 순간 자청 도인은 정신이 아득해짐을 느꼈다.

'너무 깊다.'

악중패의 그릇은 그 끝을 알 수 없을 만큼 깊었다.

그리고 그 깊은 곳에는 심연의 어둠이 짙게 자리 잡고 있었다.

자청 도인을 바라보던 악중패는 가볍게 손을 허공에 휘저은 후 자리에서 조용히 일어섰다.

"그대에게 원하는 것은 다 들은 것 같다. 덕분에 어렴풋이 실마리가 보였다. 이제 나머지 해답은 내 스스로 찾겠다."

"……."

자청 도인은 악중패가 바깥으로 걸어 나가는 것을 막지 않았다.

아니, 막지 못했다.

자청 도인은 악중패의 뒷모습을 멍하게 바라보다 시선을 내려 자신의 찻잔을 내려다보았다.

"무량수불……."

분명 방금 전에 손에 힘이 풀려 찻물을 쏟았던 찻잔이었다.

하지만 찻잔에는 언제 그랬냐는 듯이 넘실거리는 찻물이 가득해져 있었다.

"이게 그대의 대답이오?"

악중패는 바닥에 엎지른 찻물을 그대로 원상 복구시킨

것이다.

그리고 그것이 악중패의 의지였고, 어렴풋이 찾은 해답이었다.

*   *   *

"황당하군."

공손천기는 텅 비어 있는 암자를 살펴보며 툴툴 웃었다.

대강의 흔적으로 보아하니 분명 조금 전까지 사람이 있었던 게 확실했다.

하지만 어찌 된 영문인지 지금은 다들 도망을 치고 없었다.

"미녀를 구출하기가 참 쉽지 않네요, 개님."

헤헤헤.

강아지는 혀를 날름거리며 고개를 끄덕였다.

공손천기는 강아지의 머리를 쓰다듬어 주면서 동시에 감각을 날카롭게 세웠다.

그렇게 주변을 빠르게 살펴본 공손천기가 피식 웃었다.

"용케 영역 바깥까지 도망을 친 모양이네."

당장 그의 감각에 걸리는 것이 없었다.

그렇다는 말은, 어떻게 알았는지는 모르겠지만 그가 올

것을 알고 간발의 차이로 도망을 쳤다는 말이 된다.

'곤란한데.'

지금 당장 쫓아간다면 시간이야 좀 걸리겠지만 어찌어찌 따라잡을 수는 있을 것이다.

하지만 문제는 반대쪽에 대기시켜 둔 병력이었다.

그들은 공손천기의 명령이 없으면 그가 올 때까지 그곳에서 대기만 하고 있을 게 분명했으니까.

'지금과 같은 시점에서는 그건 무척 곤란하지.'

그랬기에 공손천기는 고민했다.

현재로서는 정도맹의 추적대가 어디까지 따라붙었는지 예상할 수 없었다.

이곳은 정파의 영역.

위험 요소가 사방에 깔려 있는 이상 친위대 병력과 너무 멀리 떨어질 수는 없는 노릇이었다.

'게다가……'

만약 시우의 뒤를 쫓는다 하더라도 얼마나 빨리 녀석을 잡을 수 있을지 확신이 없었다.

시우를 데려간 쪽도 지금 필사적으로 도망치고 있을 게 뻔했던 것이다.

그들이 필사적인 마음으로 도망치지 않았으면 이렇게 단시간 만에 그의 감각 영역 바깥으로 도망칠 수 있을 리가 없었다.

"흐음……."

잠시 우두커니 서 있던 공손천기는 결국 발길을 돌렸다.

이렇게 서서 고민할 바에야, 차라리 조금이라도 빨리 돌아가서 친위대 병력과 합류를 하는 게 나을 거라는 판단이 들었기 때문이다.

'그리고 추적은 그게 더 빠를 수 있지.'

친위대 쪽에는 이쪽 방면의 달인들이 꽤나 많았다.

사람의 흔적을 뒤쫓는 분야에서라면 귀신보다도 더 뛰어난 녀석들이 대기하고 있었다.

그리고 결론적으로 공손천기의 지금 이 판단은 무척이나 훌륭한 선택이 되었다.

"……재수도 엄청나게 없는 놈들이군."

공손천기가 마차 근방에 도착해서 마주한 것은 그의 명령대로 대기하고 있던 친위대 병력뿐만이 아니었다.

그들 전체를 에워싸고 있는 정도맹 소속 무인들도 함께 있었던 것이다.

문제는 그 정도맹 인원들의 숫자였다.

'이백 명이라…….'

저건 작정을 하고 온 것이 분명했다.

게다가 군데군데 제법 뛰어난 고수들도 보이지 않는가?

공손천기는 일단 기척을 죽이고 먼 거리에서 상황을 지켜보기 시작했다.

"당장 정체를 밝혀라! 아니면 무력을 동원하겠다!"

"⋯⋯."

비영은 어색한 동작으로 뒷머리를 긁적거렸다.

그리고 두 손을 들어 올린 채 최대한 선량한 웃음을 입가에 그리며 말했다.

"하하, 저기⋯⋯ 선생님들, 무슨 오해가 크게 있으신 모양인데요. 저는 그렇게 이상한 사람 아닙니다."

"이상한 사람이 그걸 인정하는 경우는 매우 드물지. 보통은 부정하거든, 너처럼."

정도맹 측에서 가장 뒤쪽에 있던 사내가 심드렁한 얼굴로 비영을 바라보고 있었다.

비영은 사실 정면에 나서서 윽박지르는 덩치 큰 사람은 애초에 거들떠보지도 않았다.

'저놈이 대장이겠지.'

제일 뒤에서 귀찮고 따분한 얼굴로 말에 올라타 있는 사내.

저놈이 이 정도맹 무리를 이끌고 있음이 분명했다.

그래서 비영은 아까부터 오직 그 사내만을 똑바로 바라본 채 조심스럽게 말했다.

"천검서생께서 여기에 오신 것을 보니 무슨 큰일이라도 있는 모양입니다."

천검서생, 그가 바로 정도맹 무리를 이끌고 온 사내의 별호였다.

화산파에서 떠오르고 있는 신진 고수인 그는 자신을 알아본 비영을 응시하며 재미있다는 미소를 그렸다.

"큰일이야 있지. 정파의 영역에서 마교 놈들이 설치고 있으니까. 미친놈들이지."

노골적이고 불쾌한 질문이었지만 비영은 전혀 당황하지 않았다.

저건 이미 예상 범위에 있던 질문이었기 때문이다.

"그렇군요. 그것 참 큰일인데요? 고생이 많으시겠습니다."

천검서생 백철영.

그는 말을 몰아 천천히 앞으로 나오며 말했다.

"그래서 말인데, 내가 봤을 때는 네가 그 고생을 좀 줄여줄 수 있을 것 같아 보이는데 네 생각은 어때?"

"하하, 제가 어딜 봐서 그럴 능력이 있겠습니까? 오해십니다."

하나 비영은 말을 하면서도 천천히 마차 쪽으로 물러섰다.

그러자 천검서생 백철영은 이죽거리는 미소를 그리며 말을 몰아 비영에게 더더욱 가까이 다가가며 말했다.

"네가 그럴 능력이 없다고?"

"예. 오해십니다, 대협."

"그럼 이놈이 그럴 능력이 있나 보지?"

천검서생은 말이 끝남과 동시에 검을 움직였다.

마차의 모서리 방향.

그 끝을 정확하게 노리고 검을 뻗어 낸 것이다.

쐐애애액—!

쾅—!

둔탁한 충격음과 함께 마차 모서리 방향의 그림자가 흔들리며 누군가의 모습이 드러났다.

우락부락한 근육과 거대한 체구의 사내 우규호.

그가 나타난 것이다.

"이런 빌어먹을."

천검서생은 검 끝을 장난스럽게 움직이며 비영에게 말했다.

"애초에 저런 덩치가 내 감각에 안 걸릴 리 없지. 안 그래?"

"……하하……."

비영은 경직된 웃음을 흘리다가 속으로 크게 안도의 한숨을 내쉬었다.

'이제 나는 뒤로 물러나 있어도 되겠지?'

사실 이 마차 주변 그림자 속에는 비영보다 강한 고수들이 우글거리고 있었다.

그런데 그들은 끝까지 개입하지 않고 재미있다는 듯이 구경만 했던 것이다.

내심 열 받던 참이었는데 그들 중 하나가 이렇게 드러났으니 이젠 자연스럽게 뒤로 빠져 있어도 될 것이다.

비영은 노골적으로 신난 표정을 지으며 한 걸음 물러났다.

"젠장!"

그리고 비영이 물러선 자리에 불만스러운 얼굴의 우규호가 자리 잡았다.

"내가 원래 숨는 건 잘 못해."

천검서생은 고개를 끄덕였다.

"이해해, 그 덩치에 잘 숨으면 그게 오히려 반칙이지."

눈앞에서 왔다 갔다 하는 검 끝을 지켜보던 우규호는 헤벌쭉 웃으며 말했다.

"그런데 설마해서 묻는 건데, 네가 들고 있는 그 이쑤시개로 날 한번 쑤셔 보려는 거냐, 지금?"

"……이쑤시개?"

천검서생이 황당한 얼굴을 했다가 곧 한쪽 입술 끝을 말아 올렸다.

"네가 마교든 아니든 죽을 이유가 지금 생겼다. 각오해라, 덩치."

"클클, 이거 아주 웃기는 놈이네. 고작 이쑤시개 하나를 받아 내는 데 거창하게 각오까지 필요하겠느냐?"

우규호는 대수롭지 않은 얼굴로 두 손을 털어내며 웃었다.

그는 사실 즐거웠던 것이다.

본인의 의지가 아니라 강제로 모습을 드러내야 했기에 조금 언짢았지만 그런 감정은 어느새 저 멀리 구석으로 사라져 버렸다.

어찌 되었건 내키는 대로 싸울 수 있게 된 점은 만족스러웠다.

우규호의 그런 태도를 침착하게 지켜보던 천검서생은 검 끝을 세워 우규호의 심장 부근을 겨누며 말했다.

"지금이라도 엎드려 빌어라, 덩치."

"푸핫! 그렇게 떠들지만 하지 말고 덤벼 봐라. 귀염둥이."

우규호가 호탕하게 스스로의 가슴팍을 치며 도발하자 천검서생이 망설이지 않고 기운을 모았다.

그러자 곧장 변화가 일어났다.

그의 검 끝이 새하얗게 백열하기 시작한 것이다.

우규호의 입가에 걸려 있던 웃음이 한층 짙어지던 그 순간 천검서생이 빠르게 움직였다.

第六章

엇갈림

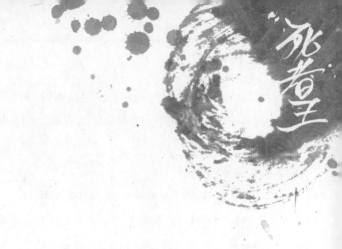

인생이라는 게 원래 다 그렇다.

원하는 대로 풀려 가고, 생각하는 대로 잘되는 일이 본래 부터 드문 것이 인생인 법이다.

'아무리 그래도 그렇지. 이건 좀 너무 하잖아…….'

당지광에게 들쳐 매어진 상태로 이동하며 시우는 실실 웃어 버렸다.

방금 전, 갑자기 초위명의 제자들이 허둥지둥 도망치는 것을 보며 시우는 본능적으로 무언가 큰 변화가 생겼음을 알아차렸다.

분위기가 바뀌었다는 사실을 예민하게 느낀 것이다.

그리고 배교 일당이 당황하는 걸로 보아 그 변화는 시우에게 굉장히 긍정적인 방향으로 전개되고 있음이 분명했다.

'문제는……'

바로 곁에 있던 당지광도 그 사실을 눈치챘다는 것이다.

그는 도망가려고 눈치를 살피던 시우의 혈도를 빠르게 제압해서 시우를 들쳐 매더니 순식간에 이동하기 시작했다.

앞서 출발했던 초위명의 제자들을 추월해서 더더욱 빠르게 뒷길로 도망친 것이다.

'이거 망했네.'

어찌어찌 저항하면서 시간을 끌어 보려 했지만 소용이 없었다.

공교롭게도 이미 절반쯤은 제압당한 상태였기에 아무런 힘도 쓰지 못하고 너무 무기력하게 제압당해 버릴 수밖에 없었다.

'주군……'

당지광이 이렇게 쉽게 이동하는 것을 보면 진법은 진즉에 깨져 버린 모양이었다.

머릿속이 복잡해졌다.

돌아가는 상황으로 보아하니 공손천기가 근처까지 온 것이 확실한데 이렇게 허망하게 엇갈려 버리다니……

시우는 빠른 속도로 멀어져 가는 산 정상을 멍하게 바라보고 있었다.

"여긴가? 까악?"

당지광이 산 아래 작은 초가집에 도착해서 주변을 두리번거릴 때 그의 옆에 있던 그림자에서 갑자기 누군가가 불쑥 나타났다.

"네가 왜 여기 있냐?"

초위명이 불편한 안색으로 갑작스레 등장한 것이다.

당지광은 기척도 없이 다가온 초위명을 바라보며 한발늦게 화들짝 놀라는 얼굴로 말했다.

"자네 제자들이 도망치길래 같이 따라왔지. 까악."

"흐음······."

초위명은 눈을 게슴츠레하게 뜨고서 당지광을 응시하다가 곧 그 어깨에 올려져 있는 시우를 보며 말했다.

"그 빌어먹을 놈은 왜 또 데려왔어?"

"그, 그야 우리 마누라 집의 행방을 알아내야 하니까······ 까악?"

초위명의 눈빛이 사나워지자 당지광은 그 시선을 피하며 말을 돌렸다.

"호, 혹시 자네가 그 마교의 교주라는 놈에게 진 건가? 까악?"

당지광의 별생각 없는 물음에 의외로 초위명은 얼굴이 벌겋게 변할 정도로 화를 내며 말했다.

"지긴 누가 져? 내가 누구한테 지는 거 봤어? 내가 누구인지 잊었어?"

초위명의 험악해진 표정을 보던 당지광이 천천히 눈을 내리깔며 작게 중얼거렸다.

"……그럼 이긴 건가? 난 또 자네 진법이 깨졌길래……까악."

"……."

초위명은 입을 다물었다.

잠시 혼자서 씩씩거리던 그는 작게 심호흡을 한 후 입을 열었다.

"그놈을 잡을 방법을 강구 중이다. 그러니 아직 진 건 아니야. 그 얍삽한 자식이 비겁하게 마왕을 부를 줄은 몰랐지. 하지만 나에게도 방법은 있어. 조만간 그놈을 잡아 죽일 거다."

"……."

당지광은 초위명의 기나긴 변명을 묵묵하게 들으며 고개를 끄덕였다.

이쯤 되면 누가 봐도 졌다는 게 티가 났지만 일단은 초위명의 말에 동조해 줘야 뒤가 편했던 것이다.

평소에 살짝 정신이 나간 상태의 당지광이었지만 그에게는 본능적으로 강자를 알아보는 탁월한 능력이 있었다.

그런 당지광은 자신보다 강자인 초위명만 보면 두려워하고 위축이 되었다.

'음? 한데 이렇게 되면 마교의 교주가 초위명을 눌러 버렸다는 건가? 까악?'

당지광은 거기까지 생각하고 순간 멍청한 표정을 해 보였다.

세상 사람들은 절대십객만이 천하에서 제일이라고 손꼽고 칭송하고 있었지만 그건 아무것도 모르는 자들이 떠드는 헛소리에 불과했다.

초위명은 절대십객의 한 명인 당지광을 단지 부적 한 장만으로 제압한 괴물이었기 때문이다.

'대체 마교의 교주는 얼마만큼의 괴물인 거지?'

저절로 입이 헤 벌어졌다.

그사이 시우는 둘 사이에서 오가는 이야기를 들으며 내심 흐뭇하게 웃었다.

'역시 주군이셨구나.'

정말 그를 구하러 강호까지 나와 주신 것이다.

이 얼마나 기쁜 일인가?

'내가 주군 하나는 정말 잘 골랐어.'

역시 인생이라는 것은 어떻게 될지 모르는 거다.

불과 얼마 전까지만 해도 시우는 공손천기를 고르고 몇 날 며칠을 후회와 번뇌에 사로잡혀 괴로워하지 않았던가?

하나 지금은 그때 본인의 선택을 무척이나 자랑스러워하고 있었다.

그때 초위명은 등에 짐짝처럼 업혀 있는 주제에 실실 웃고 있는 시우를 불쾌한 시선으로 살펴보다가 문득 묘한 눈을 해 보였다.

"어라? 이놈 봐라?"

초위명은 갑자기 시우에게 다가가 그의 턱을 잡아 올리더니 이리저리 살펴보기 시작했다.

그런 초위명을 보며 당지광은 잔뜩 긴장했다.

지금 당장 초위명이 기분 나쁘다고 시우를 단매에 쳐 죽여 버려도 전혀 이상하지 않았던 것이다.

"이거 재미있는 놈인데?"

초위명은 신기하다는 눈빛으로 시우를 살펴보았다.

당지광이 조마조마한 표정을 짓고 있을 때 시우의 턱을 잡아 올린 손을 내려놓으며 초위명이 웃었다.

"크크, 이거 그 싸가지 없는 놈이 이놈을 애지중지 아끼며 돌려받으려 하는 이유가 있었구만."

"무슨 일이야? 까악?"

초위명은 당지광의 질문에 곧장 대답하지 않았다.

그러다 자신을 멀뚱멀뚱 바라보는 시우를 점차 음험한 시선으로 살펴보았다.

그러자 지켜보고 있던 당지광이 얼굴이 하얗게 질리더니 갑자기 번개처럼 움직여 시우의 혈도를 짚어 재워 버렸다.

"미, 미안하네. 이놈이 좀 재수가 없지? 그래도 자네가 이해해 줘, 제발. 아직 죽이면 안 돼. 까악."

초위명은 당지광이 시우를 뒤로 감추며 하는 말을 듣고 고개를 갸우뚱거렸다.

워낙에 정신이 오락가락하는 당지광이니 갑자기 왜 이러는지 종잡을 수가 없는 것이다.

그러다 시체처럼 축 늘어져 있는 시우를 힐긋 바라보며 초위명은 입꼬리를 말아 올렸다.

"이놈 말이야, 몸뚱이는 이미 진즉에 선을 넘어섰는데 정신이 아직 그걸 못 따라 오는 중이다. 지금도 조금씩조금씩 껍질을 깨려고 발버둥치고 있는 중이지. 과연 공손천기 그 새끼가 직접 찾으러 나올 만해."

확실히 이상했다.

천마신교의 교주라고 하면 함부로 움직이거나 강호에 모습을 잘 드러내지 않는다.

적들이 워낙 많기에 위험했던 것이다.

그런데 고작 수하 한 명을 구하자고 직접 강호에 나왔다?

'애초에 말이 안 되는 일이지.'

이놈의 몸뚱이에서 일어나고 있는 거대한 변화를 공손천기도 알고 있을 게 분명했다.

그래서 시우를 돌려받으려고 이렇게 무리하는 것이다.

'이놈을 데리고 있는 한은 공손천기가 온다 이건데……'

분명 공손천기는 어떻게든 이놈의 흔적을 쫓아올 것이다.

잠시 고민하던 초위명은 결국 아쉬운 듯 입맛을 다셨다.

'아직은 안 돼.'

마왕 파순.

그놈을 제압할 방법이 없는 이상 공손천기와 다시 붙더라도 승산이 없었다.

대체 그런 막강한 존재를 어떻게 몸 안에 가두었는지 기가 막힐 따름이지만 어찌 되었건 현재로선 마왕을 죽일 수 있는 방법을 강구해야만 했다.

[녀석은 애초에 죽지 않는 존재다, 아이야. 태고부터 지금까지, 세상이 창조될 때부터 지금처럼 존재한 악마니까.]

갑자기 귓가에 들린 묘신의 음성에 초위명은 고개를 끄덕였다.

마왕이라는 존재는 애초에 죽일 수 없다는 것 정도는 초위명도 잘 알고 있었다.

그래서 애초에 죽일 생각도 없었다.

'죽이진 못하더라도 봉인할 순 있겠지.'

석가여래가 놈을 봉인한 것처럼 몇백 년 정도는 가둬 놓을 수 있는 방법이 분명 있을 것이다.

그리고 그놈만 그렇게 제압해 놓으면 사실상 공손천기를 제압하는 것은 일도 아니었다.

'근데 다른 놈은 뭐였지?'

그러고 보니 마왕 파순 말고도 미친놈처럼 날뛰던 놈이 공손천기 몸뚱이 속에 하나 더 있었다.

지금 와서 곰곰이 생각해 봐도 그놈은 뭐였는지 도저히 짐작이 되지 않았다.

'뭐, 마왕만 아니면 돼.'

놈의 정체가 뭔지는 모르겠지만 일단 마왕만 아니라면 무엇이든 상관없었다.

초위명이 거기까지 생각을 정리한 후 당지광을 보며 불쑥 말했다.

"이제부터 넌 우리와 따로 이동해야겠다."

당지광이 눈을 끔뻑거리며 그게 무슨 말이냐고 묻는 듯한 행동을 취했다.

그러자 초위명이 느긋하게 제자들이 가져온 말에 오르며 말했다.

"그 짐 덩이를 달고 있으면 분명 마교 교주가 악착같이 쫓아올 거다. 솔직히 말해서 아직은 준비가 덜 됐거든. 그러니 그놈을 별로 만나고 싶지 않아."

초위명이 하는 말이 무슨 뜻인지 겨우 이해한 당지광의 눈동자가 가볍게 흔들렸다.

그는 재빨리 초위명의 말고삐를 잡으며 간절한 눈으로 말했다.

"나, 나를 버리는 건가, 자네? 까악?"

"살고 싶으면 그 짐 덩이를 여기서 버리든가. 선택은 네가 하는 거지, 뭐."

"……"

당지광은 갈등했다.

그리고 어깨에 둘러메고 있는 시우를 바라보았다.

잠시 후 초위명은 당지광을 내버려 두고 제자들과 함께 그 자리를 떠나 버렸다.

결국 당지광은 시우를 버리지 못한 것이다.

"마누라, 조금만 참아. 까악."

어떻게든 황금 새장의 행방을 알아야 했다.

목숨을 걸고서라도……

당지광은 시우를 둘러멘 상태로 빠르게 어딘가로 이동하기 시작했다.

*   *   *

천검서생 백철영은 고수였다.

그것도 정파에서 차세대 후기지수로 내놓는 최고의 기대주 중 하나.

동년배에서는 이미 적수를 찾아보기 어렵다고 알려진 고수인 것이다.

당연히 스스로의 검에 대한 자부심이 강했고, 한없이 오만해질 만했다.

하지만 이번에 만난 상대는 그가 조금 더 신중했어야 옳았다.

콰앙—!

천검서생 백철영의 검을 주먹 하나로 쳐 낸 상대.

그를 보며 백철영은 속으로 자신도 모르게 마른침을 삼켜야만 했다.

'엄청난 강권!'

보통 무기와 부딪치면 맨주먹이 밀리는 게 당연한 일이었다.

하지만 저 산만 한 덩치의 놈은 그렇지 않았다.

주먹 끝이 갈라지며 피가 배어 나와도 조금도 개의치 않고 돌진해 온 것이다.

파파팍—!

백철영이 뒤로 밀려나며 다급하게 검을 뿌려 댔지만 허사였다.

이미 승기를 잡은 우규호는 조금도 승부를 양보할 마음이 없었다.

'잡았다.'

멧돼지처럼 돌진해서 천검서생의 턱밑까지 쫓아간 우규호는 잇몸이 보이게 헤벌쭉 웃어 보였다.

그 웃음은 한없이 오만했던 천검서생의 얼굴 위로 한줄기 공포를 떠오르게 만들기 충분했다.

'방심했다.'

놈을 너무 얕보는 게 아니었다.

상대방은 신중하게 준비를 하고 달려들었어야 하는 고수였던 것이다.

속으로 그렇게 탄식을 터트렸지만 이미 늦어 버렸다.

후웅—

어지간한 건물의 기둥뿌리만 한 주먹이 천검서생의 복부에 틀어박혔다.

퍼억—!

'컥?'

비명도 터져 나오지 않을 정도의 엄청난 충격에 천검서생의 몸뚱이가 활처럼 휘며 바닥에 무너져 내렸다.

내력을 몽땅 몰아 방비했지만 그것이 무의미할 정도로 강력한 주먹질.

하나 문제는 그게 끝이 아니었다.

"크헤헤. 잘 가라, 이쑤시개."

우규호는 바닥에 배를 잡고 주저앉은 천검서생을 향해 발을 뻗어 갔다.

저것에 맞으면 그대로 머리통이 터져 나갈 것이다.

천검서생의 얼굴이 하얗게 질려 있을 때 갑자기 우규호가 천검서생을 때려 가던 발을 돌려 옆을 향해 뻗었다.

콰아아앙—!

동시에 우규호의 거대한 몸뚱이가 화살처럼 뒤로 튕겨 나갔다.

"적당할 때 도착해서 다행이군. 몸은 괜찮은가?"

망혼객 반천강.

그가 이제야 도착한 것이다.

"망혼객 어르신!"

천검서생 백철영은 입으로 피를 토해 내면서도 기쁜 얼

굴을 해 보였다.

지금 눈앞에 있는 수상한 일당들이 전윤수와 관계된 인물이라는 판단에 사전에 반천강에게 따로 연락을 했던 백철영이었다.

'운이 좋았다.'

간발의 차이였다.

생과 사가 나뉘는 그 찰나의 순간을 경험한 백철영은 다리에 힘이 풀려 바닥에 주저앉아 일어서질 못했다.

그때 반천강에게 맞아 마차 뒤쪽으로 튕겨 나간 우규호는 무너진 돌 틈 사이에서 일어나며 툴툴거렸다.

"비겁한 늙은이…… 아프잖아?"

"……."

반천강은 얼굴을 찡그렸다.

분명 자신의 공격을 제대로 맞았는데 벌써 일어나다니?

손끝에 느껴졌던 감각으로 판단하건대 최소한 중상일 터였다.

그런데도 저렇게 일어서는 우규호에게 반천강은 작게 고개를 끄덕이며 감탄했다.

'대단한 정신력이군.'

이들이 누군지는 모르겠지만 인정해야 했다.

그사이 천검서생 백철영은 두 다리에 간신히 힘을 주어

일어서며 말했다.

"이들이 풍혈마군의 일행이 맞습니까, 어르신?"

반천강은 백철영의 질문을 받고 감각을 최대치로 끌어 올렸다.

그리고 주변을 둘러보다가 자신도 모르게 눈을 부릅떴다.

사방에 은신해 있는 사람들.

그들이 풍기는 기운들은 전윤수 일행과 비슷했지만 무언 가 미묘하게 달랐다.

'게다가……'

반천강의 얼굴이 흐려졌다.

이들은 숫자도 너무 많았다.

반유하를 납치해 간 전윤수 일행은 기껏해야 열 명도 되 지 않는 소수였다.

물론 그들도 한 명 한 명이 모두 정예였지만 숫자가 적었 기에 발견만 한다면 처리하는 것에는 별 무리가 없었다.

'그런데…… 지금은 너무 많다.'

서른 명이 넘는 인원.

문제는 이들 개개인의 무력이 절정에서도 최상위에 속한 다는 점이었다.

'내가 적극적으로 개입해야 한다.'

화경의 고수인 반천강, 그가 적극적으로 전투에 개입을

해야만 이쪽의 피해를 줄일 수 있었다.

그만큼 어둠 속에 숨어 있는 자들의 실력이 상당히 뛰어났던 것이다.

"무슨 일이십니까, 어르신?"

반천강이 무언가를 고민하고 있자 천검서생이 물었지만 그는 대답하지 않았다.

'정도맹의 아이들은 기껏해야 시간 벌이 정도밖에 되지 않을 게다.'

반천강이 보았을 때 그들은 실제로는 전력에 큰 도움이 되지 않는 것이다.

그러면 지금 쓸 만한 전력은 세가에서 친히 이끌고 온 스무 명의 고수들인데…….

그들도 일일이 비교하자면 전력에서 다소간 밀리는 감이 있었다.

눈앞에 있는 사람들은 황당할 정도로 강력한 정예들이었기 때문이다.

'그래도…….'

역시 반천강 본인이 적극적으로 전투를 벌인다면 눈앞에 있는 자들을 모조리 제압할 수 있었다.

풍겨 오는 기운으로 보았을 때 상대방은 전윤수 일행과 분명 관련이 있어 보였으니까.

'그 말은 이들 역시 마교의 고수들이란 소리겠지.'

잠시 고민하던 반천강은 기운을 끌어 올리며 엄중한 음성으로 말했다.

"내가 도착했음에도 그대들은 언제까지 몸을 숨기고 있을 생각인가?"

"……"

그림자 속에 몸을 숨기고 있던 사람들은 여전히 침묵했다.

"예의가 없는 자들이구나."

반천강의 얼굴 위로 서서히 불쾌함이 떠오를 때, 갑자기 무언가가 그의 감각을 강하게 자극해 왔다.

불에 탄 인두로 지지는 듯한 날카로운 감각.

'이건 무엇이냐?'

난생처음 느껴 보는 엄청나게 강렬하면서도 사나운 존재감에 의아함을 느낀 반천강의 고개가 천천히 옆으로 돌아갔다.

그리고 그가 그곳에서 본 것은 강아지를 품에 안은 채 오만한 미소를 짓고 있는 사내였다.

第七章
일각의 비밀

악중패는 청성산을 조용히 내려왔다.

원하던 것의 실마리를 얻었기 때문이다.

더 이상 이곳에 머무른다고 한들 그가 얻을 수 있는 것은 없었다.

그때.

"오오! 내려온다!"

"드디어!"

악중패를 따라왔던 사람들은 아예 청성산 아래에 자리를 펴 놓고 기다리고 있었다.

처음과 비교하자면 숫자가 십분지 일도 안 될 정도로 많이 줄어들었지만 여전히 상당한 숫자였다.

그들은 악중패를 바라보며 마른침을 삼켰다.

다들 기대심이 가득한 얼굴.

과연 천하제일 고수는 청성산에 올라가서 무엇을 하고 온 것일까?

궁금했던 것이다.

"……."

악중패는 아무 말도 없이 자신을 기다리고 있던 사람들을 한 번 스윽 둘러보았다.

그러다 먼 곳 어딘가를 바라보며 작게 말했다.

"시간이 필요하다."

모두가 의아해하고 있을 때 악중패가 한 걸음 앞으로 걸음을 내디뎠다.

그러자 그의 신형이 순식간에 사람들 사이를 지나 수십 장 거리 밖에서 불쑥 나타났다.

모두가 그 엄청난 신법을 보고 경악한 표정을 짓는 사이, 악중패는 그렇게 단 두 걸음 만에 홀연히 사람들의 시야에서 사라져 버렸다.

세상에서 그만이 유일하게 익힌 신법, 월영신보를 펼친 것이다.

악중패가 그렇게 사람들에게서 멀리 떨어진 이유는 간단

했다.

혼자서 조용히 생각할 시간이 필요했기 때문이다.

그는 머릿속에 어지럽게 떠오르는 생각들을 정리하고 앞으로 나아가고 싶었다.

'나는 아직 목적을 이루지 못했다.'

시간이 필요했다.

하늘이 허락한 시간이 부족하다면 만들어 내야만 하는 것이다.

그랬기에 그는 아무도 없는 깊은 산중에 들어가 스스로의 실체와 마주했다.

투명한 산중 호수.

그 이름 모를 호수면 위의 정중앙에 앉아 악중패는 내면의 자신과 끊임없이 대화해 보았다.

찰랑—

애초에 악중패는 무림인이 아니었다.

심지어 그는 칼 쥐는 것조차 누구에게 배운 적이 없었다.

강호의 모든 사람들이 최강의 무공이라 칭송하는 월인도법도 사실은 엄밀히 말하자면 무공이라 부를 수 없는 종류였다.

'스스로의 몸을 올바르게 쓰는 법이 바로 월인도법이다.'

월인도법에 대해 생각하자 갑자기 악중패가 앉아 있는

공간을 중심으로 잔물결이 피지기 시작했다.

그 물결은 끊임없이 퍼져서 호수의 끝자락까지 번져 나갔다.

악중패는 살짝 반개한 눈으로 그 물결의 움직임을 고요하게 바라보았다.

'시작과 끝……'

무슨 일이든 시작이 있으면 끝이 있는 법이었다.

삶이 있으면 죽음이 있듯, 언젠가 악중패 본인도 죽을 수밖에 없었다.

'그 끝을 어떻게 하면 뒤로 미룰 수 있을까?'

그 질문을 마음속으로 던지자 악중패의 맞은편에서 물결이 일렁이더니 곧 그와 똑 닮은 형체의 무언가가 두둥실 떠올랐다.

'이건 과거의 나.'

둘은 마치 거울을 보듯 닮아 있었지만 어딘가 미묘하게 달랐다.

호수에서 떠오른 형체의 얼굴에는 오만하고 고고한 표정이 담겨 있었다.

지금의 침착하고 무표정한 악중패와는 완전히 다른 생동감이 있었던 것이다.

'이건 오십 년 전의 나.'

악중패는 눈앞에 있는 그의 분신을 고요한 시선으로 바라보았다.

과거 한창 월인도법을 완성하고 나서 세상의 모든 것들을 발아래로 내려다보았던 적이 있었다.

두려운 것도, 무서운 것도 없었던 시절.

그때 당시의 악중패는 그저 하고 싶은 대로 하면서 살았고, 자유롭고 즐겁게 살며 자신의 삶에 충실했다.

'하지만……'

월인도법의 깨달음이 깊어지면 깊어질수록 몸 안에 존재하는 모든 욕망들이 하나씩 사라지기 시작했다.

성욕, 식욕, 수면욕 등등.

인간이 가진 수많은 욕망들을 하나씩 버릴 때마다 몸이 가벼워져서 눈앞에 보이지 않는 깨달음의 장벽을 빠른 속도로 뛰어 넘을 수 있게 되었다.

그래서 멈출 수가 없었다.

그러던 어느 순간 악중패는 월인도법 저 너머에 있는 무언가를 완벽하게 손에 쥘 수 있게 되었다.

'경계를 넘었다.'

눈앞을 막는 깨달음의 벽.

그것의 완전한 끝을 본 것이다.

그러자 육체가 젊어지고 감정의 기복이 없어졌다.

감정의 동요가 없어지니 두려움도 없어지고 모든 일을 담담하게 받아들일 수 있게 되었다.

'문제는…….'

그 덕분에 삶에 대한 기본적인 욕망도 없어졌다는 것.

그렇게 인간의 생존 욕망을 버려서일까?

문득 어느 순간 머릿속에 어떤 '경고음'이 울렸다.

그래서 악중패는 마지막까지 남아 있던 욕망.

강자를 만나 겨루고 싶다는 욕망만큼은 가까스로 버리지 않을 수 있었다.

'만약 이것마저 버리면 어떻게 되는 거지?'

모든 욕망들을 버리면 어떻게 되는 걸까?

또 머릿속에 울렸던 경고음은 어떤 뜻일까?

여러 가지 의문들이 떠올랐지만 악중패는 해답을 찾을 수 없었다.

그때 누군가가 갑자기 그의 영역 안으로 들어섰다.

천천히 악중패가 그곳으로 시선을 돌리자 어떤 노인이 거대한 부적을 타고 호수의 정중앙으로 미끄러져 오고 있었다.

스르르륵—

물 위를 천천히 미끄러져 오던 노인은 악중패의 정면에 부적을 멈춰 세운 후 입을 열었다.

"만나서 반갑네. 나는 모산파의 장문인 위연이라고 하네."

"……."

"그대의 개인적인 수행을 방해해서 미안하지만 나에게도 사정이라는 것이 있으니 이해해 주길 바라네."

악중패는 말없이 노인을 바라보았다.

그러다 차분한 얼굴로 고개를 끄덕였다.

"그대는 나에게 그것을 요구할 만한 자격이 있다."

악중패의 대답에 위연은 빙그레 웃었다.

그리고 다음 순간 위연은 타고 왔던 거대한 부적을 가볍게 악중패를 향해 밀어 버렸다.

악중패가 움직인 것은 거의 동시였다.

*   *   *

화경의 고수라는 것은 사실 무척이나 특별한 존재였다.

혼자서 한 개 문파에 맞먹는 힘을 지닌 특별한 존재.

세상에서는 그런 고수들 중에서도 가장 강한 열 명에게 따로 절대십객이라는 각별한 호칭을 붙여 주었다.

하나 알다시피 강호는 너무 넓었고, 절대십객에 속한 고수끼리 따로 만나는 경우는 무척 드물었다.

'직접 찾아가지 않는 이상 만나기는 어려운 법이겠지.'

하나 반천강은 자신의 그런 생각을 수정해야만 했다.

눈앞에 강아지를 안고 등장한 젊은 사내.

오만하고 자신만만한 표정이 너무 잘 어울리는 사내는 분명 낯선 얼굴이었다.

문제는 그가 화경의 고수라는 사실이었다.

'누구지?'

낯설지만 어딘가에서 보긴 했던 것 같았다.

하지만 기억에 뚜렷하게 없는 얼굴이어서 반천강이 고민하고 있을 무렵, 상대가 먼저 입을 열었다.

"예의 없는 영감이군."

"……."

"그쪽 목적은 처음부터 우리가 아니었을 텐데? 머리 그만 굴리고 이쯤에서 물러서."

상대방은 지나치게 당당했다.

절대십객의 한 명이자 망혼객이라 불리는 자신을 앞에 두고서도 조금도 두려움이 없는 것이다.

그게 반천강의 얼굴을 신중하게 만들었다.

"……그대는 누구인가?"

반천강은 고민스러운 얼굴을 해 보였다.

상대방이 고수인 건 맞다.

'그런데……'

나이가 너무 어려 보였다.

그래서 고민이 되는 것이다.

"지금 내가 누구인지가 중요해?"

"중요하다."

공손천기는 입가에 가느다란 미소를 그리며 말했다.

"그것보다 살아남는 게 더 중요할 텐데?"

반천강은 공손천기의 말에 얼굴을 굳히며 말했다.

"때로는 목숨보다 중요한 게 있는 법이겠지."

"호기심은 명줄을 짧게 하는 법이야, 영감. 후회하지 않을 자신이 있나?"

"……"

반천강은 상대방의 기세가 갑자기 공격적으로 변하자 신중한 얼굴로 양쪽 전력을 가늠해 보았다.

그리고 얼굴을 찌푸렸다.

'어렵다.'

저 사내가 등장하기 전만 하더라도 자신이 전력으로 상황에 개입한다면 다소 희생은 있겠지만 무난하게 이들을 제압할 수 있을 거라 여겼다.

하지만 지금은 아니었다.

'형세가 역전되었다.'

반천강이 이래저래 전력을 비교하고 있자 공손천기가 웃으며 말했다.

"마지막으로 한 번 더 물어봐 주지. 그쪽은 풍혈마군을 쫓는 거 아니었나?"

"……."

"납치된 손녀 구출이 목적이라면 확실하게 그쪽에 집중하는 게 좋아 보이는데? 괜히 영문도 모르고 이런 곳에서 죽으면 억울하지 않을까?"

공손천기가 강아지의 머리를 쓰다듬으며 말하자 반천강은 고개를 저었다.

그리고 조용히 검집에 손을 올려놓으며 말했다.

"그대의 정체를 모르면 움직일 수 없겠지."

이런 고수가 갑자기 등장한 것은 여러 가지로 의미하는 바가 컸다.

그리고 기본적으로 이렇게 상대방에게 기세가 밀린 상태에서 물러선다는 것은 무인의 고고한 자존심이 용납하지 않았다.

"내가 누군지 알게 되면 영감은 죽어야 해."

"그게 가능하다면 얼마든지 사양하지 않는다!"

말을 하던 반천강의 몸에서 갑자기 상앗빛 기운이 이글거리며 뿜어져 나왔다.

그것은 주변에 물결치듯이 뻗어나가 공손천기의 몸에 부딪쳤다.

치치칙—

공손천기의 발끝 아래에 부채꼴 모양으로 땅이 파이기 시작했다.

조금 뒤에서 둘의 대치 상황을 지켜보던 천검서생 백철영은 고개를 갸웃거렸다.

그도 공손천기의 얼굴이 어딘가 낯이 익었던 것이다.

한참 고민하던 그가 무언가를 떠올리고 눈을 부릅떴다.

"어? 설마?"

백철영이 손가락으로 공손천기를 가리키며 어버버거릴 때, 공손천기가 그를 보며 씨익 웃어 주었다.

동시에 그의 몸에서 붉은 핏빛 기운이 사방으로 뿜어져 나왔다.

사방을 짓누르는 사악한 기운은 반천강의 기운을 단번에 찍어 눌렀고, 동시에 천검서생의 입에서 누군가의 이름이 비명처럼 터져 나왔다.

"마교주 공손천기!"

수라환경.

이것은 절대로 숨길 수가 없는 기운이었다.

천마신교의 상징이 아니던가?

그리고 천마신교는 그 이름만으로 두려운 단체였다.

'이렇게 젊은 자가 교주인 것인가?'

반천강의 얼굴이 어두워졌다.

저토록 젊은 나이에 이 정도의 무공이라니.

문제는 저자가 몸담고 있는 마교가 무척이나 위험한 사교 집단이라는 사실이었다.

"어때? 이제 좀 물러서고 싶은 마음이 생겼나?"

"……."

반천강은 대답하지 않고 신중한 얼굴로 고개를 저었다.

그리고 오히려 조금 전보다 더더욱 기운을 끌어 올렸다.

웅웅웅—

그의 전신에서 장엄하게 뿜어져 나오던 상앗빛 기운이 한층 더 강렬하고 두터워졌다.

그는 기세를 그렇게 끌어올린 후 검을 뽑아 들며 말했다.

"그대를 이렇게 만나서 다행이다. 그 나이에 이만한 성취를 보이다니…… 차세대들의 미래를 위해서라도 그대를 이곳에서 없애는 것이 맞을 터."

"욕심이 과한 영감이네."

공손천기는 수라환경을 거두고 반천강의 전신을 살펴보다가 말했다.

"처음부터 전력을 다해야 할 거야, 영감. 두 번째는 없을 테니까."

반천강은 고개를 끄덕였다.

분하지만 저 녀석의 말이 맞았다.

처음 공격이 실패하면 끝인 것이다.

그는 대범천신공을 극한까지 끌어올린 상태로 검을 높이 들어 올렸다.

그리고 천천히 심호흡을 했다.

호흡이 막 안정기에 들어섰을 무렵, 갑자기 반천강을 지켜보고 있던 공손천기의 입가에 장난스러운 미소가 떠올랐다.

동시에 그가 주먹을 가볍게 움직였다.

천하에서 가장 강력한 주먹질.

패력수라권을 갑작스럽게 펼친 것이다.

뻐엉—

"⋯⋯!"

반천강은 놀랐지만 반응은 빨랐다.

잔뜩 압축된 공기가 터져 나가는 소리와 함께 본능적으로 단전에 힘을 주고 재빨리 정면으로 검을 뿌려 댔던 것이다.

콰아아앙!

무언가 터져 나가는 소리와 함께 상앗빛 용이 공손천기의 패력수라권을 단숨에 부쉬 버리며 돌진했다.

하나 그것은 이미 한 차례 힘이 꺾여 있었다.

공손천기는 손을 뻗어 용의 머리를 단단히 움켜쥐고 옆으로 비틀어 버렸다.

파캉―!

"컥!"

반천강은 입에서 핏물을 뿜어내며 뒤로 튕겨 나갔다.

전력을 다한 공격을 상대가 너무 쉽게 무력화시켰던 것이다.

그 반발력을 고스란히 받아 낸 반천강은 반토막 난 검을 바닥에 박아 넣으며 공손천기를 노려보았다.

그런 반천강의 시선을 받으며 공손천기가 히죽 웃었다.

"왜 그런 눈으로 보지? 내가 공격 준비가 다 될 때까지 고분고분 기다려 줄 거라고 생각했나?"

"……."

"나 그렇게 착한 사람 아니야, 영감."

"……과연 교활한 놈이로구나."

저놈은 순순히 기다려 주는 척 느긋한 자세를 취하고 있었다.

그래서 너무 방심했다.

대놓고 힘을 끌어모아서 뿜어내기 직전에 공격을 당해 버린 것이다.

어쩔 수 없이 다급하게 기운을 쏟아내다 보니 본래의 위력에서 절반 정도로 힘이 꺾여 버렸다.

'놈은 가장 취약한 순간을 정확하게 읽어 냈다.'

분하지만 이것 역시 부정할 수 없는 사실이었다.

놈은 가장 적은 힘을 들여서 최대한의 효과를 뽑아낸 것이다.

반천강이 몸에서 날뛰는 내력을 억지로 가라앉히며 낮게 이를 갈자 공손천기는 피식 웃었다.

"영감과 나는 적인데 내가 배려해 주는 게 오히려 이상하지. 적 앞에서 어리광 부리지 마, 영감."

"……."

천천히 반천강에게 다가간 공손천기는 작게 입을 열었다.

"호기심 때문에 죽는 거야, 영감은."

"……."

공손천기의 손이 붉게 달아올랐다.

그것을 뻔히 보면서도 반천강은 저항할 수가 없었다.

내부에서 미칠 듯이 날뛰는 내력은 한순간에 고칠 만한 성질의 것이 아니었던 것이다.

'끝인가.'

그가 절망적인 얼굴을 할 때, 여유롭게 웃고 있던 공손천기가 갑자기 얼굴을 찌푸리며 손끝에 맺혀 있던 기운을 옆으로 뿌렸다.

동시에 발끝으로는 주저앉아 있던 반천강의 복부를 올려쳤다.

퍼억—!

반천강이 다시 한 번 입에서 피분수를 뿜으며 뒤로 날아갔고, 공손천기는 거대한 폭발음과 함께 옆으로 튕겨 나갔다.

콰아아앙—!

바닥이 거대한 운석이라도 맞은 듯 깊게 파이고 그때 생긴 엄청난 반발력 때문에 주변 사람들은 다리에 힘이 풀려 바닥에 주저앉아 버렸다.

동시에 그 자리에 나타난 중년의 스님이 공손천기를 바라보며 싱글싱글 웃었다.

"너 제법인데? 체면 몰수하고 몰래 뒤에서 공격했는데 그걸 막았어?"

정도맹의 주인이자 현 강호에서 악중패 다음으로 강하다 알려진 사람.

"불성 일각이라……."

공손천기는 양손을 탈탈 털며 얼굴을 찡그렸다.

무언가 덮쳐 온다는 사실은 알았지만 정확하게 그것이

무엇인지까지는 파악하지 못했다.

'덕분에 손해는 조금 봤지만……'

공손천기는 속에서 올라왔던 핏물을 삼키며 피식 웃었다.

이 정도면 대단히 싼 값에 막아 낸 셈이었다.

'문제는……'

이번 한 번으로 끝날 공격이 아니라는 사실이었다.

일각은 천천히 손가락 관절을 풀며 입을 열었다.

"나는 분명히 악중패를 찾으려고 감시망을 펼쳐 놨었거든? 근데 마교의 교주라는 대어가 걸릴 줄은 몰랐지. 이거 오랜만에 엄청 수지맞는 장사했네. 돌아가서 자랑해야겠다."

공손천기는 자신을 다 잡은 물고기 취급하는 일각을 바라보다 어깨를 풀어 주었다.

그리고 강아지를 품에서 내려놔 거리를 떨어트려 놓으며 말했다.

"땡중. 그러고 보니 예전에 우리 스승님이 너에 대해서 말해 준 게 기억이 나네."

"응? 지옥마제? 그 망할 놈이 뭐라고 하디?"

공손천기는 일각의 약간 신경질적인 반응에 히죽 웃으며 대답했다.

"우리 스승님이 너 사실은 동자공을 익혀서 고자라고 하던데 맞는 말이냐?"

웃고 있던 일각의 눈동자가 순식간에 험악해졌다.

"그 씹어 먹어도 시원치 않을 개자식이 아직도 그런 헛소리를 하고 다녀?"

"나도 농담이라고 생각해서 안 믿었는데……."

공손천기가 말을 끊고 일각의 위아래를 훑어보며 음흉하게 웃어 보였다.

"실제로 보니까 사실인 거 같은데?"

공손천기의 도발이 끝나기가 무섭게 일각의 몸에서 거대한 빛기둥이 뿜어져 나왔다.

그리고 그것은 곧장 공손천기의 전신을 덮쳐 갔다.

*　　　*　　　*

전윤수는 불편한 표정으로 하늘을 보았다.

구름 한 점 없는 맑은 하늘에, 해는 이미 중천에 높이 떠 있었지만 전윤수의 기분은 그것과 반비례해서 바닥에 곤두박질쳐 있었다.

'서문 세가라…….'

추적자들을 뿌리치고 남만 땅으로 이동해서 새 삶을 시

작해 볼 생각이었다.

남만은 생활환경이 척박하지만 그만큼 발전 가능성이 많은 땅이었으니까.

한데 그 길목에서 의외의 복병에 걸려 버렸다.

"역시. 자네가 이곳을 지나칠 줄 알았지."

서문 세가의 가주이자 반천강과는 오랜 친구인 서문호가 전윤수를 바라보며 여유롭게 미소 짓고 있었다.

'서문호가 직접 움직였다라…….'

서문호는 현재 황실의 이대 장군가 중 하나인 서문 세가의 주인이었으며, 수많은 전장에서 늘 승리했기에 첩혈장군(捷血將軍, 피를 보면 승리하는 장군)이라는 칭호가 있는 절대 고수였다.

강호에서는 전혀 활동하지 않은 화경의 고수였던 것이다.

그의 등장을 멍하게 지켜보고 있던 자혁의 얼굴에 점차 고통스러움이 떠올랐다.

"죄송합니다, 주군. 흔적은 완벽하게 지웠다고 생각했는데……."

자혁이 괴로운 표정으로 말하자 서문호는 고개를 저었다.

"노부는 너희들의 흔적을 보고 쫓아온 게 아니다. 실제로 너희는 아예 추적할 수 있는 흔적을 남기지 않았으니 그 부분은 네 잘못이 아니다."

전윤수는 고개를 끄덕였다.

단순히 흔적을 뒤쫓아 왔다면 이렇게 앞을 막고 기다릴 수 없었을 것이다.

그렇다면 전혀 다른 방법으로 그들을 완전히 앞질러서 대기했다는 것인데 그게 무엇인지까지는 알 수 없었다.

게다가 당장은 그런 것에 신경 쓸 여유도 없었다.

'그것보다 큰 문제가 있으니까.'

눈앞에 있는 노인만 하더라도 만만치 않은 상대인데 그가 데려온 고수들도 문제였다.

전윤수는 감각을 끌어올려 주변을 면밀하게 살펴보다 씁쓸히 웃어 버렸다.

포위하고 있는 숫자가 어마어마했던 것이다.

절정 고수만 이백 명이 넘었고 그 숫자도 점차 늘어나고 있었다.

서문호가 처음부터 아예 작정하고 자기 가문의 주력 병력들을 다 끌고 온 느낌이었다.

그게 전윤수를 더 어이없게 만들었다.

"이렇게 대규모 병단을 움직여야 할 정도로 이 여자가 가치가 있었던가? 전혀 예상치 못했군."

꼬질꼬질한 행색으로 기절한 채 자혁에게 업혀 있는 반유하.

그동안 온갖 고생을 시켰지만 악착같이 쫓아온 그녀를 바라보며 전윤수가 푸념하자 서문호는 희미하게 웃었다.

"뭔가 큰 오해를 하고 있군, 자네는."

"오해?"

"노부는 그 아이를 구하기 위해 가문의 비밀 무력 집단을 끌고 이곳까지 온 것이 아니네."

비밀 무력 집단?

전윤수의 눈가가 가늘어졌다.

그 의심스러운 시선을 받으면서도 서문호는 개의치 않고 말했다.

"나는 풍혈마군, 자네를 만나러 온 것이지. 그랬기에 이런 만반의 준비를 한 것이고."

"……그게 무슨 뜻이지?"

"말 그대로일세. 자네는 그럴 가치가 있는 사내니까."

전윤수는 잠시 침묵을 지켰다.

말과 행동, 그리고 지금 처한 상황으로 봤을 때 이 영감은 정말로 단순히 반유하를 구출하러 온 것이 아님을 알았던 것이다.

"……일단 진지한 대화에 앞서 그 아이를 이쪽에 넘겨주겠나?"

전윤수는 고개를 저었다.

그리고 미소 지으며 말했다.

"그건 별로 재미없는 제안이군. 우리 입장에서는 최악의 경우에 유용하게 활용할 수 있는 소중한 인질인데, 내가 그녀를 포기해야 할 이유가 있나?"

"소중한 인질이라…… 그래, 지금은 그렇게 생각할 수도 있겠지."

서문호는 알 듯 모를 듯한 말을 하며 선선히 고개를 끄덕였다.

"좋아. 그럼 다르게 말하지. 아니, 정중하게 부탁 하나만 하지."

"……부탁?"

"그 아이를 확실하게 재워 주겠나? 이제부터 할 이야기는 그 아이가 들어선 곤란하거든. 이건 자네와 나 사이의 일이니까, 그 아이가 듣게 되면 어쩔 수 없이 처리해야 하니."

처리한다는 말에 전윤수는 입가에 그려져 있던 미소를 서서히 지웠다.

그 말이 결코 농담이나 장난처럼 들리지 않았던 것이다.

반유하를 대하는 태도를 보았을 때, 이 영감은 수상쩍은 목적을 가지고 접근한 것이 분명했다.

'그게 뭘까?'

무엇을 원하는 것일까?

전윤수의 머릿속에 본능적으로 강렬한 경고음이 울려 퍼졌다.

무슨 화제가 나올지는 모르겠지만 분명 대단히 위험한 종류의 이야기임이 분명했다.

'만약 거절하게 된다면 살아 나가기 어렵겠군.'

포위는 완벽했고, 뚫고 도주하기엔 상대방 전력이 너무 막강했다.

때문에 전윤수는 신중하게 고민에 잠겼다.

그러다 문득 떠오른 생각에 자신도 모르게 피식 웃어 버렸다.

'그러고 보니 어차피 잃을 것도 없는 몸이다.'

천마신교에서 공손천기에게 쫓겨나는 그 순간, 아니 공손천기에게 패배한 그때부터 전윤수는 이미 가지고 있던 모든 것을 잃었다.

더 이상 나빠질 구석이 없는 것이다.

"자혁, 원하는 대로 해 줘라."

자혁은 기절한 채 등에 업혀 있던 반유하의 혈도를 재빨리 짚었다.

그 이후 전윤수가 서문호를 똑바로 바라보며 말했다.

"용건이 뭐지?"

서문호는 반유하의 안정적인 호흡을 확인한 후 미소 지었다.

그리고 그는 전윤수에게 한 걸음 다가서며 말했다.

"그대가 천마신교에서 쫓겨났음은 들었다."

"……."

"그 자세한 내부 사정까지는 알 도리가 없지만, 무공을 온전히 가지고 나왔다는 것은 대단히 좋은 일이지. 누군가 뒤를 봐준다면 재기할 가능성이 남아 있는 거니까. 그렇지 않은가?"

전윤수는 그제야 서문호의 속셈이 이해가 되었다.

그리고 그가 왜 굳이 수많은 번거로움을 감수하면서까지 병력들을 이끌고 이곳에 왔는지도.

"이제야 제대로 된 그림이 그려지는군."

그랬다.

서문호는 바로 전윤수라는 사람 그 자체를 원하고 있던 것이다.

그리고 이건 현재의 전윤수에게 제법 구미가 당기는 제안이었다.

아무 데도 기댈 곳 없는 지금과 같은 상황에서는 탐날 정도로 욕심이 나는 제안인 것이다.

'하지만…….'

걸리는 점도 있었다.

전윤수는 복잡했던 머릿속을 차분하게 정리하며 입을 열었다.

"나를 어디에 사용할 속셈이지?"

목적.

이것이 가장 중요했다.

지금 서문호가 그에게 원하는 것은 분명히 쉽지 않은 일일 것이고, 그것을 해결하기 위해서 이쪽이 감수해야 할 희생이 크다면 당연히 거절해야 하니까.

"이해가 빠르니 좋군. 그럼 슬슬 서로가 원하는 것에 솔직해질 필요가 있는 시점이겠구만."

서문호는 품에서 작은 단도를 꺼내 들었다.

검은빛의 단도는 무척이나 오래되어 보였지만 동시에 무척이나 고급스러워 보였다.

"이건 우리 가문과 반씨 가문이 한 약속의 증표지. 서로가 서로의 영역을 존중하겠다는 약속의 증표. 선대에서부터 대대로 내려온 맹약을 지켜야 하는 증표인 것이네."

"……."

전윤수는 묵묵하게 서문호의 말을 듣고 있다가 반씨 가문의 이야기가 나오자 눈을 빛냈다.

'설마…….'

문득 하나의 가능성이 떠오른 것이다.

만약 그 가능성이 맞다면 서문호는 진정으로 무서운 사람이었다.

그리고 불행히도 전윤수의 짐작은 정확하게 맞아떨어졌다.

"하지만 노부는 더 이상 이 굴욕적인 약속을 계속 지킬 마음이 없다네. 더 이상 반씨 가문의 눈치를 보며 살지 않을 거라는 말이지."

서문호가 쥐고 있던 단도의 칼날 부분이 빨갛게 달아올랐다.

그 상태로 서문호는 느긋하게 웃으며 말했다.

"현재 천하에서는 반씨 세가가 장군가로 위명을 떨치고 있지. 아니, 모두가 반씨 세가만 있는 줄 알고 있네. 이건 크게 잘못되었지."

그랬다.

천하에서 장군가라고 하면 누구나 반씨 세가를 첫손으로 꼽았다.

서문 세가 역시 대대로 장군을 배출한 명문가였지만 아무래도 반씨 세가보다는 밑줄이었다.

그것이 세상 사람들의 인식.

"노부는 그것을 인정할 수 없네. 자네라면 누군가가 내

위에 있다는 걸 납득할 수 있는가? 평생 이인자로 사는 것을 만족할 수 있냐고 묻는 걸세."

서문호의 질문에 전윤수의 동공이 잠시 흔들렸다.

그리고 그는 긴 시간 동안 침묵을 지켰다.

갑자기 공손천기가 그에게 남아 달라고 부탁했을 때의 광경이 떠올랐던 것이다.

공손천기는 그때 분명 자신의 곁에 남아 도와 달라고 했다.

하나 전윤수가 그 제안을 거절하고 나온 이유는 서문호와 똑같았다.

'이인자라…….'

확실히 그것은 사내로 태어나 도저히 견딜 수 없는 말이었다.

자존심이 무너지는 일이었으니까.

차라리 죽는 게 나았다.

거기까지 이해했기 때문에 전윤수는 천천히 물었다.

"세상 사람들은 그쪽과 반천강이 막역한 사이라고 알고 있는데 그건 착각인가?"

"와신상담(臥薪嘗膽, 목적을 이루기 위해 당장의 괴로움을 참음)이라고 하지. 나는 내 목적을 이루기 위해 무려 오십 년 동안 녀석의 곁에서 공을 들였네."

서문호의 말 속에는 어떤 진득한 한(恨)이 깔려 있었다.

그리고 그것을 느낀 전윤수는 머리를 뒤로 느릿하게 쓸어넘기며 말했다.

"목적을 위해서 친구인 척 속이고 곁에서 함께했다는 건가…… 그럼 와신상담이 아니라 구밀복검(口蜜腹劍, 말은 달콤하게 하지만 뱃속에는 검을 숨김)이 더 어울리겠지."

"뭐라 불러도 좋네. 아무튼 노부는 준비가 되었고, 최종적으로는 반씨 세가를 무너뜨리는 일에서 자네가 본인을 도와줬으면 하네. 그럼 본인 역시 자네에게 힘이 되어 주지. 노부가 원하는 것은 그뿐일세. 본인은 더 이상 반씨 세가의 밑에 있고 싶지 않거든."

"……"

서문호의 말은 진솔했다.

본인이 솔직하게 반씨 세가 보다 밑에 있음을 인정했던 것이다.

사실 서문호의 제안은 과거에 사막왕이 찾아와서 했던 제안과 비슷했다.

'하지만 분명 다르지.'

사막왕은 본인의 야망을 위해 천하제패를 논했지만 이자는 달랐다.

순수하게 개인적인 열등감과 패배감을 극복하길 원하는

것이다.

그리고 그 열등감과 패배감은 현재 전윤수도 충분히 공감할 수 있는 영역이었기에 그의 마음을 움직일 수 있었다.

"……계획은 있나?"

전윤수의 대답을 들은 서문호의 얼굴이 눈에 띄게 밝아졌다.

그렇게 전혀 생각하지도 못한 곳에서 일이 예상치 못한 방향으로 진행되어 가고 있었다.

*　　　*　　　*

사실 공손천기는 일각과의 승부를 아주 어렵게 보고 있었다.

'아직은 그렇지.'

그랬다.

아직은 그랬다.

공손천기가 아무리 재능이 있고 천재라 하더라도 시간이 절대적으로 부족했던 것이다.

그래서 그걸 극복할 만한 도박이 필요했다.

'일각은 분명 우리 사부님과도 비견되는 고수.'

악중패라는 괴물을 제외하면 현재 천하에서 가장 강한

사람이 바로 일각이었다.

그랬기에 약간의 도발을 한 것이다.

'일단 도발이 먹히긴 한 것 같은데…….'

이다음부터는 순수 실력으로 헤쳐 나가야 하는 부분이다.

공손천기는 사실 일각의 몸에서 빛기둥이 뿜어져 나오기 전부터 암암리에 기운을 끌어모으고 있었다.

그랬기에 순식간에 수라환경을 극한까지 끌어 올릴 수 있었다.

우우우웅—

붉은빛 요사스러운 기운이 하늘 끝까지 솟구쳤다.

그렇게 공손천기는 힘을 한계까지 끌어 올린 후 오른쪽 손에 몰아 담았다.

'이것만 성공하면 된다.'

공손천기가 판단했을 때 첫 '시도'가 가장 중요했다.

이것만 먹히면 다음부터는 어찌어찌 해결할 방도가 있는 것이다.

그렇게 단단하게 각오를 하고 공손천기는 달려들었다.

'바보구나.'

일각의 입가에 비웃음이 떠올랐다.

그가 익힌 소림 비전 무공은 반야신공(般若神功)이라는

것이다.

세상에 존재하는 온갖 사악한 기운을 부처의 광명정대한 힘으로 찍어 누르는 불가의 상징인 힘이었다.

'수라환경처럼 정도에서 벗어난 힘은 상대가 될 수 없지.'

무력 자체도 자신이 공손천기보다 윗줄이었다.

피할 이유가 전혀 없는 것이다.

때문에 일각은 망설임 없이 손바닥을 뻗었고, 공손천기가 뻗은 손바닥과 중간에서 마주쳤다.

파츠츠츠—

둘이 격돌하는 순간, 의외로 소음은 없었다.

단지 바닥이 파도처럼 출렁거리다가 사방으로 터져 나갔을 뿐이다.

콰콰콰—!

주변이 가루가 되어 부서지건 말건 일각과 공손천기는 손바닥을 마주한 채 서로를 바라보고 있었다.

그러던 어느 순간.

비틀—

공손천기가 주춤거리며 뒤로 물러서더니 입가로 피를 왈칵 흘리기 시작했다.

동시에 마차 주변으로 은신해 있던 공손천기의 친위대가

순식간에 모습을 드러냈다.

그들은 공손천기를 부축하며 재빨리 전면을 막아섰다.

일각의 후속 공격을 몸으로라도 막아 낼 생각이었던 것이다.

하지만 그들의 걱정이나 염려와 달리 일각은 추가 공격을 하지 않고 제자리에 우두커니 서 있었다.

"……."

일각은 손바닥을 뻗은 그 상태 그대로 뭔가 복잡하다는 얼굴을 해 보이고 있었다.

그러다 결국 표정을 일그러뜨리며 말했다.

"……애송아, 너 지금 나한테 뭘 한 거냐?"

공손천기는 부축을 받고 뒤로 물러서다가 히죽 웃었다.

"꽤 아프지, 땡중?"

"……너 지금 내 몸 안에 뭘 집어넣은 거냐? 이게 대체 뭐지?"

"아프면 아프다고 말해도 돼."

일각은 어금니를 꽉 깨물었다.

앞으로 내뻗은 그의 팔에는 굵은 핏줄이 흉측하게 튀어나와 있었고, 참으려고 해도 전신이 덜덜 떨리고 있었다.

'빌어먹을! 이게 대체 뭐지?'

눈을 까뒤집으면서도 일각은 필사적으로 고통에 저항하

기 시작했다.

그 모습을 지켜보던 공손천기는 실실 웃었다.

'미친 짓이었지만 다행히 효과가 있군.'

일각과 격돌하는 순간 일각의 몸뚱이에 '수라마정'을 강제로 쑤셔 넣어 버렸던 것이다.

수라환경의 전수식을 공격적인 방법으로 응용한 것이다.

'수라마정을 반쪽만 집어넣어 줬지…….'

일각은 전신이 난도질당하는 고통을 느끼며 반야신공을 극한까지 끌어올렸다.

쿠콰콰콰—

근육이 비틀리고 그의 전신에서 강맹한 기운이 소용돌이치기 시작했다.

주변 지형이 바뀔 정도로 어마어마한 기운의 폭풍이 일각의 전신에서 무섭게 뿜어져 나왔다.

하지만 고통은 전혀 줄어들지 않았다.

'빌어먹을! 이게 뭐야, 대체?'

머릿속으로 요사스럽고 음산한 웃음소리가 가득해졌다.

동시에 몸속을 조금씩조금씩 파고드는 섬뜩한 기운.

그것은 마치 사나운 야수가 그의 몸을 조금씩 생으로 뜯어먹고 있는 듯한 더러운 감각이었다.

'빌어먹을!'

일각은 필생의 기운을 모아 그것을 강제로 밀어내려 하고 있었다.

"교주님!"

공손천기는 주상산을 비롯한 친위대의 부축을 받으며 재빨리 마차 쪽으로 물러섰다.

그러는 와중에도 공손천기는 진지하게 고민했다.

'어쩌면 지금이 일각을 죽여 버릴 수도 있는 절호의 기회가 아닐까?'

일각은 천하제이인자였다.

그리고 그를 죽일 수 있는 기회는 흔히 찾아오지 않을 게 분명했다.

공손천기는 가물가물한 눈에 억지로 힘을 주다가 히죽 웃었다.

'한 방 날릴 수 있을까?'

반천강과의 승부는 사실 별거 아니었지만, 이후에 곧장 벌어진 일각과의 연속된 승부는 분명 무리수였다.

내상약을 챙겨 먹었지만 몸 내부는 전혀 좋아질 기미가 보이지 않았던 것이다.

특히 수라마정을 반으로 쪼개서 일각의 몸으로 쑤셔 넣은 것은 사실 목숨에 직접적으로 위협이 올 만큼 위험하고도 말도 안 되는 도박이었다.

'하지만 이 방법밖에는 없었지.'

공손천기는 투덜거리며 눈을 감았다.

이미 내력이 엉망진창이 되어 들끓어 오르고 있었다.

몸 내부에서 난동을 부리고 있는 수라환경의 기운을 겨우겨우 억지로 추스르고 있는 와중에도 공손천기는 욕심을 부리기로 마음먹었다.

'이판사판이다.'

어차피 일각이 내력으로 수라마정의 기운을 완벽하게 제압해 버린다면 문제가 심각해졌다.

몸을 회복한 그의 추적에서 살아남을 수 없을 테니까.

다음에도 지금과 같은 요행이 통할 것이라 기대하는 건 너무 순진한 생각이었다.

거기까지 판단을 내린 공손천기는 마차에 올라타자마자 갑자기 벌떡 일어나 창문으로 상체만 내밀었다.

"교주님?"

주상산과 우규호가 놀라건 말건 공손천기는 입과 코에서 피를 철철 흘리는 와중에도 호흡을 골랐다.

'이거나 먹어라.'

마차가 출발함과 동시에 공손천기가 허공을 향해 주먹을 짧게 끊어 쳤다.

뻐엉—

패력수라권.

천하제일의 주먹질을 일각을 향해 쏟아 낸 것이다.

그리고 그걸로 공손천기의 의식은 끝이었다.

입과 코에서 피를 뿜어내며 뒤로 넘어간 것이다.

공손천기는 그렇게 기절하면서도 입가에 악동 같은 미소를 그리고 있었다.

第八章
사파제일인

악중패.

그는 위연이 던진 부적을 지켜보다가 피하지 않고 정면
으로 맞았다.

충분히 피할 수도 있었지만, 부적이라는 것을 처음 보았
기 때문에 그 힘이 어느 정도인지 겪어 보려 한 것이다.

'음…….'

부적이 몸에 닿자마자 전신이 불구덩이에 들어간 것처럼
뜨거워졌다.

그리고 실제로도 악중패의 몸은 타오르고 있었다.

검은 불길에 타들어 가는 자신의 몸을 악중패는 신기한

눈빛으로 관찰했다.

"흑염(黑炎)이네. 흔히 지옥의 불길이라고 하지. 물로도 끌 수가 없는 불이네."

위연은 악중패에게 친절하게 설명해 주곤 무언가를 주섬주섬 소매에서 꺼냈다.

"자네가 왜 부적을 피하지 않았는지 잘 모르겠지만 아무튼 수고로움을 덜어 줘서 고맙네."

"……."

악중패는 자신의 몸이 불타는 와중에도 무덤덤하게 입을 열었다.

위연의 손에 들려 있는 검은색 부채를 본 것이다.

"그게 무엇인가?"

"자네를 죽이기 위해 특별히 준비한 물건일세."

위연은 자신의 손가락을 깨물어 피가 나오게 한 다음 검은색 부채에 무언가를 빠르게 써 내려갔다.

악중패는 그것을 알면서도 아무것도 하지 않은 채 그냥 지켜보았다.

술법이라는 것은 악중패 역시 잘 모르는 영역이었고, 그랬기에 저것으로 무엇을 하게 될지 궁금했기 때문이다.

저 부채가 어떤 원리로, 어떻게 작용이 되는지를 알아볼 생각이었다.

"인간은 호기심이 많은 동물이지. 그렇지 않나?"

"……."

"그리고 때론 그 호기심 때문에 죽기도 하는 법이지."

위연은 말을 하며 검은 부채를 휘둘렀다.

그러자 악중패의 몸을 불태우고 있던 불길이 한차례 거세지더니 그곳에서 사람 머리를 가진 집채만큼 거대한 뱀이 형체를 드러냈다.

"소개하겠네. 인두사(人頭蛇)일세. 지옥에서 범죄자들에게 심판의 벌을 내리는 마수지."

취이익―

사람 머리를 가진 거대한 뱀.

인두사는 악중패의 몸을 칭칭 감은 채 강하게 옥죄며 혀를 날름거렸다.

그러다 악중패의 얼굴을 혀로 핥으며 요사스럽게 웃었다.

"아무래도 인두사가 자네가 마음에 든 모양일세. 맛있어 보인다는군."

하지만 악중패는 아무런 반응도 보이지 않고 그저 뱀을 물끄러미 바라만 보았다.

그러다 고개를 갸우뚱거리며 말했다.

"재미있는 원리로 움직이는 녀석이다. 좋은 공부를 했다. 아직 완벽하게 이해하진 못했지만 당장 쓸 수는 있을 것 같다."

"……그게 무슨 말이지?"

악중패는 위연의 물음에 답하지 않았다.

그저 특유의 무표정한 얼굴로 자신의 몸을 옥죄고 있는 뱀을 응시하다가 말했다.

"원래 이곳에 존재하면 안 될 것을 강제로 가져온 것인가. 아마 그것 때문에 그 부채가 필요한 것이겠군."

위연은 얼굴을 찡그렸다.

지금 악중패가 하는 말의 의미가 정확하게 전달되지는 않았지만 본능적으로 일이 잘못 돌아간다는 것을 깨달은 것이다.

"녀석을 먹어라."

서둘러야 했다.

위연이 검은 부채를 휘둘러 인두사에게 명령을 내리자 그 거대한 뱀은 악중패를 잡아먹기 위해 입을 크게 벌렸다.

악중패는 그 모습을 무덤덤하게 바라보았다.

그러다 인두사의 입이 바로 코앞까지 왔을 때 작게 말했다.

"멈춰."

"……!"

위연은 깜짝 놀랐다.

순간적으로 악중패의 몸에서 엄청난 양의 법력이 뿜어져 나왔던 것이다.

그것은 너무도 순수했고, 또한 그랬기에 압도적이었다.

"수, 술법을 익혔던가?"

악중패는 고개를 저은 후 말했다.

"나는 술법을 모른다."

"거짓말하지 마라! 그렇다면 방금 전의 그것은 뭐지?"

조금 전의 그것은 술법을 모르는 자가 뿜어낼 수 있는 양의 법력이 아니었다.

차라리 악중패가 무공을 썼다면 이해를 했겠지만 술법이었기에 위연은 평정심을 잃어버릴 정도로 화가 났다.

그런 위연을 가만히 지켜보던 악중패가 나직하게 말했다.

"모든 것은 결국 하나의 근본에서 출발한다. 무공도 술법도 하나의 근본에서 나온 것일 뿐."

"……."

위연의 얼굴이 찡그리며 말했다.

"불가에서 말하는 만류귀종(萬流歸宗, 모든 흐름은 결국 하나로 통일된다는 뜻)을 말하는 것인가? 그래도 네 말에는 모순이 있다. 네가 익힌 무공과 내 술법은 그 출발선부터가 완전히 다르다."

악중패는 고개를 갸우뚱거렸다.

그는 그 상태로 고개를 저으며 위연을 응시한 채 말했다.

"나는 무공 역시 모른다. 배운 적이 없지."

"……."

"나는 단지 내 몸 안의 삼라만상을 뜻한 대로 다룰 수 있을 뿐. 다른 것들은 그저 곁다리로 얻은 것에 지나지 않는다."

위연은 지금까지 악중패가 거짓말을 한다고 생각했다.

그의 말을 정확하게 이해하지 못했던 것이다.

그러다 악중패가 맨 마지막에 무심하게 내뱉은 말 때문에 큰 충격을 받았다.

"……몸 안의 삼라만상을 다룰 수 있다고 했나? 그게 자네가 익힌 무공의 실체인가?"

악중패가 고개를 끄덕이자 위연은 눈썹을 찡그리며 말했다.

"세상 사람들은 자네에 대해 오해하고 있었군. 자네는 정말 무공을 전혀 모르는 사람이야."

악중패는 정말 무공을 전혀 몰랐다.

그래서 오히려 더 무서운 것이다.

무공을 모르는 사람이 흉내만 내고 있을 따름인데 천하 제일 고수가 되었다.

그렇다면 지금은 단순히 흉내만 내고 있는 술법에서도 천하제일이 될 것이 분명하지 않은가?

'이건 애초에 죽일 수 없는 괴물이 아닌가.'

도망쳐야 했다.

정도맹주 일각은 잘못 판단했다.

악중패는 그 무엇으로도 죽일 수 없는 인간인 것이다.

그 실체에 대해서 명확하게 알아 버리니 남은 것은 두려움과 공포밖에 없었다.

위연이 서둘러 걸음을 옮기려 했지만 그는 제자리에서 단 한 걸음도 움직일 수 없었다.

아무리 힘을 줘도 마찬가지였다.

축지법도 쓸 수 없었고, 호수 위에서 걸음을 옮길 수도 없었다.

"어째서……."

위연은 이 이해할 수 없는 현상에 어리둥절한 표정을 짓다가 불현듯 무언가를 떠올리며 전신을 작게 떨었다.

방금 전에 악중패가 말했던 '멈춰.'라는 짧은 말.

그것은 인두사뿐만 아니라 위연에게도 영향을 준 것이다.

"언령술(言靈術)이었던가……."

말. 혹은 단어에 담긴 힘.

그 순수한 힘을 사용하는 술법이 바로 언령술이었다.

술법에서 최고로 치는 것이 바로 이 언령술이었고, 그것은 아무런 동작도, 사전 준비도 필요가 없었다.

그저 '의지'를 가지고 말을 내뱉으면 곧장 그대로 발동되는 최강의 술법인 것이다.

'게다가 언령술이 가진 힘은 절대적이다.'

악중패보다 윗줄의 힘을 지니지 않은 이상, 그가 발휘한 언령술은 적용된 대상에게 신의 말과 똑같은 힘을 지닌다.

거기까지 깨닫고 위연이 새하얗게 질린 얼굴로 악중패를 바라보았다.

세상에 정말로 말도 안 되는 괴물이 존재했던 것이다.

이건 천하제일이라 불리던 초위명과도 전혀 다른 차원의 괴물이었다.

"신선한 공부가 되었다."

위연은 아무 말도 없이 멍하게 악중패를 바라보았다.

술법을 전혀 모르면서도 한 번 본 것만으로 술법을 이해하고 자신의 것으로 소화해 낸 악중패에게 기가 질린 것이다.

"자네는 정말 괴물이로군…… 죽기 전에 한 가지만 물어봐도 되겠나?"

악중패는 고개를 끄덕였다.

그러자 조금 전까지 악중패를 위협하던 인두사가 어느새 위연의 전신을 칭칭 감은 채 혀를 날름거리기 시작했다.

그것을 씁쓸한 눈으로 지켜보던 위연이 입을 열었다.

"자네가 익힌 그 힘은 대체 언제부터 완성이 된 것인가? 언제부터 존재하던 힘인 거지?"

악중패는 잠시 생각에 잠겼다.

그리고 천천히 말했다.

"이것을 완성한 지는 꽤 오래되었다. 처음 강호에 나와 이 힘을 시험해 보고 따로 정리해서 책으로도 만들어 놓았지. 하지만 깨달음은 거기에서 끝이 아니었다. 그 이후로 깨달은 것은 어딘가에 따로 정리하지 못했다. 글로 적어 놓을 수 없는 종류였으니까."

본래 이름도 정해져 있지 않은 힘이었다.

하지만 악중패는 정리하면서 그것을 가리킬 말의 필요성을 느꼈기에 월인도법이라는 이름을 붙여 놓았을 뿐이다.

"그렇단 말은 월인도법은 이름만 무공이지 사실은 무공이 아니었다는 말이군……."

허탈한 얼굴로 위연이 중얼거리고 있을 때, 그를 아까부터 내려다보고 있던 인두사가 쩌억 입을 크게 벌렸다.

그리고 그게 위연이 본 이 세상 마지막 광경이었다.

악중패는 위연이 사라진 호수를 바라보다 작게 중얼거렸다.

"이 세상 모든 삼라만상은 일념(一念, 하나의 생각)에서부터 나온다."

악중패는 그렇게 중얼거리며 천천히 호수 위를 걷기 시작했다.

위연 덕분에 지금까지 얻은 깨달음을 정리할 시간이 더욱 필요해졌다.

지금보다 더 조용한 곳으로 이동해서 그동안 깨달은 것들을 소화할 시간이 필요해진 악중패였다.

*   *   *

시우는 죽을상을 한 채 당지광을 바라보았다.

'이 망할 놈의 영감탱이.'

당지광은 황금 새장을 결코 포기하지 않았다.

수시로 시우의 혈도를 짚어 가며 그를 짐짝처럼 이리저리 끌고 다녔던 것이다.

그래서 결국 시우의 인내심도 한계에 도달했다.

'선택해야만 하는 상황이지.'

이대로라면 주군에게 돌아가는 게 너무 늦어지게 된다.

돌아가는 상황이 정확하게 어떤지는 모르겠지만, 전윤수의 사건도 있고 오랫동안 강호에서 머무는 것은 분명 좋지 않았다.

'이건 모두 다 주군을 위해서다!'

거기까지 판단을 내린 시우는 당지광을 바라보며 조용히 입을 열었다.

"영감님, 제가 졌습니다. 황금 새장의 위치를 가르쳐 드리겠습니다. 돈도 물론 포기하구요."

당지광은 객잔에서 만두를 집어먹다가 눈을 깜빡거렸다.

"……네놈, 그 거짓말은 믿어도 되는 거짓말이냐? 까악?"

"거짓말이 아니니 당연히 믿어도 됩니다, 영감님."

당지광은 시우를 잠깐 뚫어져라 바라보았다.

그러다 고개를 끄덕이며 말했다.

"거기까지 안내해라, 그럼. 까악."

"……그냥 위치를 알려 드린다니까요?"

"크히히, 그럴 줄 알았다. 또 거짓말을 하려는 거 아니냐? 너는 내가 바보로 보이느냐? 까악?"

"……."

시우는 순간 욕이 튀어나가려는 것을 가까스로 참은 후 힘겹게 억지로 웃으며 말했다.

"제가 언제 영감님에게 거짓말을 한 적이 있습니까? 한 번 잘 생각해 보세요."

"그거야 생각할 필요도 없지. 황금 새장을 찾아 줄 때까지 너는 못 놔준다. 까악."

참으로 지독한 영감탱이였다.

시우는 속으로 당지광을 향해 온갖 저주를 퍼부으면서 겉으로는 선량한 웃음을 그려 주었다.

"알겠습니다. 영감님 뜻이 그렇게 확고하시니 뜻대로 해야겠죠."

"그거야 당연하지! 까악!"

당지광과 시우가 그렇게 나름 합의를 봤을 무렵 그들이 있는 허름한 객잔으로 누군가가 불쑥 들어왔다.

회색의 무복을 입은 젊은 사내를 슬쩍 본 시우는 자신도 모르게 눈살을 찌푸렸다.

'인상 더럽게 차갑네.'

손을 가져가면 그대로 베일 정도로 차가운 인상의 사내였다.

그 사내는 객잔에 들어와 제일 구석자리로 가서 만두를 주문하고 앉아 있었다.

거기까지 그를 관찰한 시우는 흥미가 떨어져 곧장 시선을 돌렸다.

그러다 맞은편을 보고 고개를 갸우뚱거렸다.

"응? 무슨 일이십니까, 영감님?"

"……."

당지광.

그가 조금 전부터 들어온 사내를 뚫어져라 응시하고 있
던 것이다.

문제는 그 시선에 담겨 있는 감정이 놀라움이라는 것에
있었다.

"……저놈과 아는 사입니까, 영감님?"

시우가 작게 속삭이자 퍼뜩 정신을 차린 당지광이 서둘
러 고개를 돌렸다.

"아, 아니다. 나는 모른다. 아무것도. 까악."

누가 봐도 수상한 말투였다.

시우가 더 캐물으려고 하는데 당지광은 자리에서 벌떡
일어나 만두를 먹던 시우를 등에 들쳐 매곤 곧장 객잔 바깥
으로 튀어나갔다.

"어? 영감님? 저 만두 아직 덜 먹었는데요?"

시우가 손에 든 만두를 입에 욱여넣으며 말했지만 당지
광은 조금도 그 말을 듣지 않고 있었다.

그는 최대한 빠른 속도로 달려가다가 객잔과 멀어지고
나서야 겨우 멈춰 섰다.

"……대체 무슨 일입니까, 영감님? 이유 정도는 말해 줄
수 있잖아요?"

시우가 투덜거리며 말하자 당지광은 창백해진 안색으로

입을 열었다.

"그놈 못 봤느냐? 까악?"

"그 삭막하게 생긴 놈이요? 봤죠. ……설마설마해서 묻는 건데 영감님이 그 젊은 놈 때문에 이렇게 도망치신 건 아니죠?"

시우의 물음에 당지광이 그의 이마빡을 후려치며 말했다.

"이놈! 너는 방금 전에 본 그놈이 누군 줄 아느냐? 까악?"

시우는 이마를 부여잡으며 아픈 표정을 지어 보였다.

그리고 솔직하게 말했다.

"……모르겠는데요? 누군데요?"

"그놈은……."

"그놈은?"

당지광의 말을 따라하던 시우는 순간 그의 표정이 얼어버리는 것을 보고 시선을 돌렸다.

그곳에는 거대한 나무가 있었고, 그 거대한 나무 아래에 조금 전에 봤던 그 회색 무복의 사내가 서 있었다.

'설마 쫓아온 건가?'

회색 무복의 사내.

그의 손에는 아직도 따끈따끈 김이 나오는 만두가 들려 있었다.

시우는 그제야 저 사내가 보통의 인물이 아님을 깨달았다.

'내 눈으로는 저놈이 얼마만큼의 고수인지 전혀 알아볼 수가 없다.'

그 말은 저 회색 무복의 사내가 시우보다 월등히 높은 실력의 고수라는 말이 되었다.

시우가 눈을 게슴츠레하게 뜬 채 회색 무복의 사내를 바라보고 있을 때 당지광이 주춤주춤거리다가 도망갈 듯이 자세를 잡았다.

그러자 회색 무복의 사내가 만두를 천천히 먹으며 말했다.

"당지광. 나이 팔십사 세. 특이 사항 사천당가에서 파문당한 미치광이. 무공 수위는 대략 화경에서 중급 정도. 의뢰 건수 대략 열두 건."

회색 무복 사내의 중얼거림에 당지광이 잔뜩 겁먹은 얼굴을 해 보였다.

그때 시우가 한 걸음 나서며 물었다.

"넌 누구세요?"

시우의 물음에 회색 무복의 사내가 시선을 돌려 그를 위아래로 훑어보았다.

그러다 눈에 이채를 띠며 말했다.

"추정되는 나이에 비해 굉장한 고수로군. 한데 너에 대한 정보는 없다."

"그래? 그거 잘됐네. 네가 누군지 말해 주면 나도 내가 누군지 말해 줄게."

시우가 다시 묻자 회색 무복의 사내는 만두를 다 먹어치운 뒤 담담하게 말했다.

"내 이름은 냉무기. 현재 흑월회주다."

"냉무기……?"

분명 어디서 들어 본 이름이었다.

거기까지 생각하던 시우는 곧 그 이름이 누굴 가리키는지 깨닫고 깜짝 놀랐다.

"사파제일인?"

물론 천하제일인은 악중패였다.

하지만 사파 쪽에서 최고의 고수로 손꼽히는 자는 바로 흑월회주.

냉무기라 불리는 천하제일 살수였던 것이다.

그 사실을 깨닫고 시우가 눈을 부릅뜰 때, 냉무기가 움직였다.

第九章
냉무기

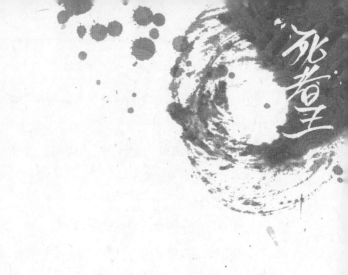

사람은 누구에게나 하늘이 내려 준 재능이 있다.

하지만 대다수의 사람들은 본인이 가진 진짜 재능이 무엇인지 모르고 살아간다.

그런 가운데 소위 '천재'라고 불리는 사람들은 모두가 자신의 재능이 무엇인지 정확하게 깨닫고 그것을 갈고닦은 부류였다.

사파제일 고수 냉무기 역시 본인이 가진 재능이 무엇인지 정확하게 알고 그것만을 갈고닦은 부류에 속했다.

'나는 사람을 죽이는 데 특별한 재주가 있다.'

냉무기에게는 스승이 없었다.

그런데도 그는 현재 천하에서 가장 손꼽는 고수 중 하나가 되었다.

그것으로도 모자라 강호는 지금 냉무기를 중심으로 새로운 질서가 만들어지고 있었다.

'사파의 하늘.'

그게 냉무기를 칭하는 단어였다.

구심점이 없었던 사파의 여러 거대 문파들이 냉무기를 중심으로 모여들고 있었던 것이다.

그 거대한 흐름이 가지는 힘은 기존 세대의 질서들을 부술 만큼 강력했다.

그리고 냉무기가 직접 만든 월야탈백마검(月夜脫魄魔劍)은 천하에서 가장 강한 무공 중의 하나가 되었다.

'이제 절대십객을 바꿀 때다.'

냉무기는 완전히 새로운 세상을 만들고 싶었다.

지금처럼 정도맹이라는 하나의 색만 가득한 강호가 아니라, 여러 가지의 색상이 한데 어우러져 있는 그림을 그리고 싶었던 것이다.

그렇게 만들기 위해서는 기존의 질서들을 한 번 정도는 완벽하게 박살 내야 한다고 여겼다.

그래서 그는 목표를 분명히 세웠다.

'우선 절대십객을 부순다.'

이 대담하고 현실성이 없어 보이는 목표를 잡고 나서부터 냉무기는 거칠 것이 없이 움직였다.

자신만의 무공을 완전히 완성시킨 후 근처에 있는 절대십객들을 하나하나 차근차근히 없애고 있었던 것이다.

냉무기는 일부러 의뢰 중에서도 절대십객에 관한 살인청부만 받아들였다.

'하나씩 천천히.'

불가능하다고 생각되는 청부였다.

하지만 벌써 절대십객 중 두 명이나 냉무기의 손에 죽어나갔다.

그쯤 되자 냉무기의 명성은 하늘을 찌를 듯이 높아졌다.

그런 냉무기가 이런 촌구석에서 당지광을 만나게 된 것은 사실 예정에 없던 일이었다.

'완벽한 우연이다.'

하지만 냉무기는 이 우연을 놓치고 싶은 마음이 조금도 없었다.

냉무기에게 당지광은 '맛있는 먹잇감'이었던 것이다.

그래서 그는 객잔에서 당지광을 보자마자 쫓아와서 달려들었다.

'대략 열세 발자국 정도인가.'

목표물과의 거리를 재는 것은 아주 중요했다.

냉무기가 만든 무공에서는 이 '거리'라는 것이 가장 중요한 요소였으니까.

'거리를 좁힌다.'

냉무기는 판단을 내리자마자 움직였다.

열세 걸음 안에만 들어서면 당지광은 자신의 검을 절대로 피할 수 없다고 여긴 것이다.

그래서 냉무기는 망설임 없이 거리를 좁혔다.

'응?'

시우는 냉무기의 빠른 움직임을 보고 눈을 깜빡거렸다.

순간적으로 냉무기가 조금 엉뚱하게 움직인 것 같다는 느낌을 받았기 때문이다.

'뭐였지?'

어디가 이상한 걸까?

왜 이상하다고 느낀 거지?

시우는 고개를 갸웃거리며 고민하고 있다가 다음 순간 눈앞에 펼쳐진 광경에 눈을 동그랗게 떠야만 했다.

"아!"

당지광은 미치긴 했지만 고수였다.

그것도 화경의 고수.

비록 겁을 집어 먹긴 했지만, 냉무기에게 호락호락하게 죽어 줄 마음은 당지광에게도 없었다.

그래서 당지광은 뒤로 물러나면서 빠르게 소매를 휘저었다.

우우웅—

당지광의 소매에서부터 희뿌연 기운이 직선으로 강하게 뿜어져 나왔다.

사천당가의 비전무공이자 천하에서 가장 강력한 독공이 뿜어져 나온 것이다.

'만독혼원공!'

그런데 우연이었을까?

냉무기는 마치 처음부터 예상이라도 한 것처럼 그 공격을 사선으로 아슬아슬하게 피한 뒤 당지광에게 접근하고 있었다.

그제야 시우는 조금 전 냉무기의 행동에서 어디가 거슬렸는지 깨달을 수 있었다.

'이건 마치 당지광이 일부러 냉무기를 피해서 공격한 것 같잖아?'

물론 그럴 리는 절대 없었다.

그런데 냉무기는 미리 공격이 올 것을 예상하고 처음부터 그것을 피하는 동작을 취하고 있지 않았던가?

이것은 상대방의 다음 행동을 정확하게 예측하지 않고서는 불가능한 움직임이었다.

시우는 잠시 멍청한 얼굴을 해 보였다.

그러다 전신을 부르르 떨었다.

'또다.'

냉무기가 당지광에게 접근하기 직전에 고개를 비스듬히 꺾으며 접근했다.

동시에 당지광의 독공이 그의 관자놀이 부근을 스쳐 지나갔다.

'확실해.'

냉무기의 움직임은 워낙 찰나에 벌어진 데다가 작았기 때문에 놓칠 수도 있었다.

하지만 이상하게도 시우는 그런 것들이 하나하나 눈에 들어와 박혔다.

'왜 저런 게 나한테 보이는 거지?'

주변 사물들과 풍경들이 전부 다 지워지고 새하얀 공간 속에서, 시우의 눈에는 오로지 냉무기의 움직임만 뚜렷하게 들어왔다.

'왜?'

냉무기의 움직임은 대단히 단순했지만 그 단순함 속에 숨길 수 없는 신묘함이 숨어 있었다.

시우는 자신도 모르게 마른침을 삼켰다.

냉무기의 동작 하나하나를 볼 때마다 심장이 터질 듯 쿵

쾅거렸다.

시우가 궁극적으로 추구하는 무학, 그것의 완성형이 바로 냉무기의 동작에 그대로 녹아 들어가 있었던 것이다.

'내가 가려는 길을 먼저 간 사람이 있었다?'

이건 무척이나 신기한 일이었다.

머릿속으로 막연하게 생각했던 무공의 완성된 형태.

그것을 똑같이 먼저 간 사람이 있다니.

시우가 속으로 감탄을 터트리는 사이 생명의 위기를 감지한 당지광의 입에서 짐승 같은 신음이 터져 나왔다.

동시에 그는 양손을 무작위로 마구 휘둘러 댔다.

'어어?'

시우가 당지광의 예측 못한 행동에 깜짝 놀랄 때.

냉무기 역시 표정이 살짝 찡그려졌다.

후우우웅―

만독혼원공의 어마어마한 내력이 사방으로 뿜어져 나왔고, 그것들은 지척까지 다가온 냉무기로서는 도저히 피할 수 없었다.

어쩔 수 없이 부딪쳐야만 하는 것이다.

퍼엉―!

결국 당지광이 뻗은 손바닥과 냉무기의 검이 정면으로 부딪쳤다.

엄청난 폭음과 함께 독기가 사방으로 퍼져 나갔고, 그 강렬한 파동은 멀찍이 물러서 있던 시우에게까지 전해져 왔다.

'결과는 어떻게 됐지?'

시우는 눈을 부릅뜨고 지켜보았다.

당지광과 냉무기는 서로 바닥에 깊은 고랑을 만들며 한참을 뒤로 밀려 나갔다.

그렇게 멀리 떨어진 채로 석상처럼 마주 보고 서 있던 와중에 갑자기 냉무기가 비칠거리며 중심을 잃었다.

그의 입에서는 피가 흘러내리고 있었고, 무표정하고 담담했던 얼굴에도 낭패한 기색이 역력했다.

'큰 손해를 봤다.'

이번 공격은 미리 읽어 내지 못했기에 피해를 입은 것이다.

그리고 반대로 당지광은 여유를 되찾았다.

"크히히히! 잡았다, 이놈. 죽여 버릴 테다. 까악!"

당지광은 녹색으로 번들거리는 눈을 들어 냉무기를 노려보았다.

그 역시 입과 코에서 피가 흘러나오고 있었지만 전혀 개의치 않았다.

지금, 바로 이 순간 냉무기를 죽여야만 하는 것이다.

'두 번은 없어.'

당지광이 내력을 끌어모아 움직이자 엄청난 압력이 냉무기의 전신을 짓눌렀다.

같은 화경의 고수라지만 순수한 내력의 양에서는 당지광이 압도적으로 높았다.

'어떻게 막을 생각이지?'

시우는 냉무기를 지켜보았다.

그가 이번에는 어떻게 이 위기에 대처하는지 보고 싶었던 것이다.

냉무기는 자신을 향해 덮쳐 오는 당지광을 가만히 바라보다 호흡을 골랐다.

그러다 검을 겨누며 기운을 한곳에 응집시켰다.

'설마 이 상황에서 정면 승부를 하려고?'

시우는 얼굴을 찡그렸다.

내력의 양에서부터 냉무기는 이미 당지광에게 상대가 되지 않았다.

당지광은 절대십객 내에서 다른 건 몰라도 내력 하나만큼은 최고 수준을 자랑했으니까.

'정면 승부는 아무리 봐도 무리인데……'

어떻게 돌파할 생각일까?

집중해서 지켜보고 있던 시우는 일순간 등골을 타고 얼음이 지나가는 듯한 서늘한 감각을 느꼈다.

'어?'

전신이 떨릴 만큼 오싹한 소름이 돋는 바로 그 순간, 시우의 동공이 저절로 크게 확장되고 냉무기의 동작이 정지된 것처럼 느리게 보였다.

동시에 냉무기가 검을 앞으로 찌르는 동작을 취했다.

아주 단순한 동작, 그 하나에 시우는 천지가 둘로 쪼개지는 듯한 환상을 보게 되었다.

'섬(閃)!'

이것은 어떤 무공에도 흔히 있는 찌르기 공격이다.

하지만 냉무기의 손에서 펼쳐지니 그것은 더 이상 단순한 찌르기가 아니었다.

새하얀 번갯불이 대지를 가르고 나서야 시우는 얼어붙은 얼굴을 겨우 움직여 냉무기를 쳐다보았다.

'완벽한 검신일체(劍身一體)였어.'

냉무기가 검을 쥐고 앞으로 내달리는 순간.

그의 몸이 하나의 선이 되어 당지광을 꿰뚫어 버렸다.

'일격필살(一擊必殺).'

시우가 두근거리는 심장을 억누르고 있을 때 냉무기는 심장이 뚫린 채 죽어 버린 당지광을 내려다보며 고개를 끄덕였다.

'이제 셋.'

내력이 역류해서 정신이 혼미했지만 냉무기는 만족스러웠다.

그의 손에 죽은 절대십객은 이제 세 명이 되었다.

바야흐로 새로운 시대가 열릴 준비가 된 것이다.

냉무기는 내상 때문에 비칠거리는 와중에도 고개를 끄덕이다 시우를 보고 눈을 빛냈다.

'이 녀석은……'

시우가 아까부터 자신을 뚫어져라 살펴보고 있다는 사실은 그도 알고 있었다.

하지만 비무를 엿봐서 얻어 갈 수 있는 것에는 너무도 분명한 한계가 있었다.

'분명히 그래야 하는데……'

냉무기의 무덤덤한 얼굴에 한줄기 곤혹스러움이 떠올랐다.

시우의 몸에서 지금 막 거대한 변화가 일어나고 있었기 때문이다.

'무엇을 훔쳐간 건가?'

만약 정말로 이 녀석이 자신과 당지광의 싸움을 엿보다 깨달음을 얻었다면 이건 굉장히 불쾌한 일이 될 것이다.

냉무기는 시우의 정면에 서서 그를 이리저리 살펴보다가 진지하게 고민했다.

'확실하다. 이 녀석은 지금 벽을 돌파하고 있다.'

시우의 눈은 정면을 향해 있었지만 지금 그 시야에는 아무것도 보이지 않을게 분명했다.

본인의 내부 깊숙한 곳을 관조(觀照, 본질을 바라봄)하고 있을 테니까.

'죽여야 하나……'

하나 딱히 죽일 명분도 없었다.

냉무기.

그는 사람을 죽이는 데 하나의 뚜렷한 원칙이 있었으니까.

'청부를 받지 않은 놈은 죽이지 않는다.'

잠시 시우의 정면에서 고뇌하던 냉무기는 결국 조용히 뒤로 물러섰다.

스스로의 원칙을 깨면서까지 녀석을 죽이고 싶지는 않았다.

'의뢰 없는 살인은 힘의 낭비일 뿐.'

손가락 하나만 움직여도 시우를 죽일 수 있는 상황이었지만 관두었다.

냉무기는 당지광의 시체를 힐긋 내려다본 후 천천히 걸었다.

본래 목표를 향해 움직이기 시작한 것이다.

'기다려라, 야율무제.'

냉무기가 사천성에 온 본래의 이유는 바로 사막왕을 죽이기 위해서였다.

그렇게 냉무기가 떠난 장소에서 시우는 혼자 커다란 변화를 마주하고 있었다.

*　　　*　　　*

천마신교의 교주가 정도맹주를 무너뜨렸다!

천하는 이 엄청난 소문에 뜨겁게 열광했다.

곧이어 공손천기에게는 지옥마제의 뒤를 이어 암흑마제라는 칭호가 주어졌다.

하나 정작 소문의 주인공은 정신을 잃고 기절해 있었다.

'어째서⋯⋯.'

비영은 자신의 머리를 쥐어뜯으며 기절해 있는 공손천기를 원망스럽게 바라보았다.

본래라면 당장이라도 천마신교로 복귀해야 옳았다.

정도맹의 영역에서 이렇게 사고를 쳤으니, 그들도 바보가 아닌 이상 곧 작정하고 몰려들 것이 뻔했으니까.

'그런데⋯⋯.'

공손천기는 기절한 도중에 잠깐 정신을 차리더니 소매에서 괘효를 뽑아 보곤 명령했다.

"이대로 계속 우리 공주님을 찾아라."

"너무 위험합니다, 교주님. 정도맹이 추적해 올 것이 분명합니다."

비영이 강하게 반대했지만 공손천기는 히죽 웃으며 말했다.

"……이건 명령이다."

그 말을 마지막으로 공손천기가 완전히 정신을 잃어버리자 비영은 미칠 것만 같았다.

주변에 있는 주상산과 우규호, 거산 등은 그저 묵묵하게 공손천기가 시키는 일을 했지만 비영은 속이 까맣게 타들어갔다.

'정도맹 놈들이 어디까지 왔을까?'

필사적으로 흔적을 지운다고 지웠지만 그런 어설픈 방법이 통할 것 같지가 않았다.

저쪽 역시 전문가들이 있을 테니까 요행을 바랄 수가 없었다.

이제 추적당하는 것은 시간 문제였다.

'대체 어디까지 도망친 거야?'

슬슬 시우라는 흑사자에게 짜증이 나는 비영이었다.

흑사자라는 존재가 귀한 것은 맞다.

인정한다.

그들은 극한까지 육체를 단련하고 젊은 나이에 화경에 가장 근접한 절정 고수들이니까.

장래성을 보아도 아까운 인재임에는 분명했다.

하나 어째서 이렇게까지 신경을 쓰는 걸까?

과연 교주 공손천기가 직접 주의를 기울일 만한 가치가 있는지에 대해서는 강한 의문이 들었다.

'그 정도의 고수는 천마신교에도 많을 텐데⋯⋯.'

고작해야 고수 한 명일 뿐이다.

그 정도는 포기하고 돌아가도 되지 않나?

굳이 이렇게까지 위험을 감수할 필요가 있을까?

비영이 갖가지 의문들로 혼란스러워할 때, 거산이 다가와 그의 어깨에 손을 올리며 말했다.

"고민하지 마라. 어차피 네가 고민한다고 해서 달라질 것은 아무것도 없으니까."

"⋯⋯!"

"지금은 그저 교주님께서 명령하신 대로 움직이면 그뿐이다."

거산의 묵직한 조언은 갈등하고 있던 비영에게 큰 도움이 되었다.

한참 동안 멍한 표정이던 비영은 곧 고개를 끄덕이며 말했다.

"감사합니다."

거산의 말이 맞았다.

그가 고민한다고 하더라도 상황이 변하는 것은 아무것도 없었다.

그리고 그 말고도 상황이 나쁘게 변했을 때 책임을 져 줄 사람은 주변에 많았다.

그렇게 마음먹은 뒤로 비영은 한결 가벼운 표정으로 시우를 추적해 가기 시작했다.

그렇게 얼마나 추적을 했을까?

마부와 함께 마부석에 앉아 있던 비영은 순간 움찔거리며 정면을 노려보았다.

'이건 피 냄새다.'

그것을 깨닫는 순간 누군가가 정면의 산길에서 걸어오고 있는 게 보였다.

그리고 그 모습이 흐릿하게 보인다 느낀 순간, 공손천기가 타고 있던 마차 주변으로 그림자가 빠르게 일렁거렸다.

촤촤촹—!

마차 주변에 은신해 있던 친위대들이 일제히 모습을 드러내며 각자의 무기를 꺼내든 것이다.

히히힝—

마차가 급하게 멈춰지고 공손천기의 친위대들은 마차 정면의 오솔길을 노려보았다.

'누구냐.'

회색 무복의 사내.

창백하게 질려 있는 얼굴의 사내는 뚜벅뚜벅 마차를 향해 걸어왔다.

친위대의 고수들은 일제히 얼굴을 굳히고 그 사내를 응시하고 있었다.

사내는 잠시 자신의 피 묻은 옷을 힐긋 내려다보더니 고개를 끄덕였다.

그리고 지극히 무덤덤한 표정으로 마차 앞까지 걸어와 잠깐 멈춰 선 후 작게 입을 열었다.

"그놈과 같은 기운을 가지고 있는 놈들이군……."

잠시 마차 주변을 응시하던 회색 무복의 사내, 사파제일인 냉무기는 곧 걸음을 옮기며 말했다.

"의뢰 목록에 있는 자는 아무도 없군."

"……."

냉무기가 마차 곁을 스쳐 지나갈 때까지 아무도 움직이는 사람이 없었다.

그만큼 사파제일인 냉무기의 몸에서 흘러나오는 존재감

은 어마어마했던 것이다.

그렇게 공손천기와 냉무기는 서로가 기억하지 못하는 사이에 가장 가깝게 스쳐 지나가게 되었다.

第十章
미녀 공주님

공손천기는 아무것도 없는 어두운 공간을 걷고 있었다.

가도 가도 끝이 없이 이어지는 그 공간 속에서 공손천기는 우뚝 멈춰 서더니 못마땅한 얼굴을 해 보였다.

"이만하면 됐을 텐데? 이제 장난 그만하고 모습을 보여."

처음에는 아무런 변화가 없었다.

하나 잠시 후 주변의 어둠이 일렁거리더니 곧 '팍' 하는 소리와 함께 사라졌다.

그리고 어둠이 사라진 자리에는 드넓은 초원이 펼쳐졌다.

예전에도 한 번 본 적이 있는 광경.

수라마정 속의 공간이었다.

공손천기는 초원을 가로질러 작은 모옥이 있는 곳으로 성큼성큼 걸어갔다.

그곳에는 역시나 익숙한 얼굴의 노인이 연초를 태우고 있었다.

"왔느냐?"

"못된 취미를 가진 영감이네."

공손천기는 멀리서 아는 척을 하며 모옥 안으로 들어가려다가 움찔했다.

"뭐야…… 그 꼴은?"

천마 홍순원.

그는 한쪽 팔이 뜯겨 나가고 다리도 한쪽이 사라져 있었다.

몸의 절반 가까이가 떨어져 나간 것이다.

공손천기가 그 모습을 살펴보며 얼굴을 찡그릴 때 천마 홍순원은 비릿하게 웃으며 말했다.

"클클, 이 꼴로 만든 장본인이 그런 표정을 지으면 곤란하지."

"내가 그렇게 만들었다고?"

"기억나지 않느냐? 그 망할 땡중 몸에다가 수라마정을 절반 정도 떼어서 쑤셔 넣었던 것이? 미친 짓도 정도껏 해라."

공손천기는 그제야 기억났다는 듯이 이마를 탁 치며 말했다.

"설마 그것 때문에 이렇게 된 거야?"

"전혀 예상하지 못했다는 것처럼 말하지 마라, 이 가증스러운 놈아."

천마 홍순원의 핀잔에 공손천기는 얼굴에 그리고 있던 순진무구한 표정을 싹 지우며 히죽 웃었다.

그리고 모옥 안으로 들어서며 느긋하게 말했다.

"남의 몸뚱이를 제 것처럼 들락날락하셨으니 벌을 좀 받아야 하지 않겠어? 그동안 반성은 좀 했나?"

"클클, 본좌 앞에서 감히 반성이라는 단어를 들먹일 줄이야…… 참으로 세상은 오래 살고 볼일이다."

공손천기는 얼굴 전체에 그리고 있던 웃음기를 서서히 지우며 홍순원을 응시했다.

그러다 작게 말했다.

"영감님이 천마신교를 만든 건 인정해. 대단한 점이 많지. 하지만 아무리 그래도 내 몸뚱이를 뺏으려고 하는 것까지는 용납 못 해. 조사님 대우를 해 주는 것도 딱 여기까지야. 이번에는 고작 팔다리였지만 다음에 또 개수작 부리면 아예 머리통을 뜯어 버릴 테니까 각오해."

천마 홍순원은 공손천기의 협박에 피식 웃었다.

그리고 정말 귀엽다는 일굴로 공손천기를 응시하며 말했다.

"네놈 같은 애송이가 하는 협박 따위가 감히 나에게 먹힐 거라 여겼느냐?"

공손천기는 입을 다물었다.

수라마정이 천마 홍순원의 정신체 바로 그 자체라는 사실은 이미 처음부터 알고 있었다.

천마 홍순원이 죽기 전에 최후의 힘을 짜내서 술법과 무공을 혼합하여 만든 최고난도의 비기, 그것이 바로 수라마정의 실체였으니까.

"그나저나 정말 욕심 많은 영감탱이네. 천 년이나 살고서도 더 살고 싶어? 왜 남의 몸뚱이는 계속 탐내? 귀찮게."

공손천기가 결국 투덜거리며 말하자 홍순원은 씨익 웃으며 말했다.

"클클, 애송아. 사내로 태어나서 천하 제패 정도는 한번 해 봐야 하지 않겠느냐? 과거에는 내게 주어진 시간이 부족해서 실패했지만 한 번 더 기회가 온다면 얼마든지 가능하지."

"그건 결국 내 몸뚱이는 포기 못 하시겠다, 이 말이네?"

공손천기의 반문에 홍순원은 그를 똑바로 바라보며 진지하게 말했다.

"애송아, 너도 직접 내 힘을 겪어 봐서 알지 않으냐? 내가 만약 네 몸뚱이를 가진다면 강호의 약해 빠진 놈들은 몽땅 다 짓밟아 버릴 수 있다. 천하를 완전히 피바다로 만들 수 있지."

천마 홍순원의 말에 공손천기는 고개를 끄덕였다.

그건 맞는 말이었다.

잠시지만 홍순원의 압도적인 힘을 직접 느껴 보았던 공손천기였기에 감히 그 힘을 감당할 만한 존재가 천하에 없을 거라는 사실은 잘 알았다.

공손천기는 팔짱을 끼며 말했다.

"그래서? 순순히 몸을 양보해 달라는 거야, 설마?"

"천하가 욕심나지 않느냐? 내가 네놈 손에 쥐여 주마. 몇 년 걸리지 않을 게다. 그렇게 되고 나면 깨끗이 뒤로 물러나 주마. 어떠냐?"

은근한 목소리.

하지만 공손천기는 시큰둥한 얼굴을 해 보이며 말했다.

"영감탱이들의 마음을 도통 이해할 수가 없네. 우리 사부도 그렇고, 사막왕 영감도 그렇고, 왜 다들 그렇게 천하에 욕심을 내는 거야, 대체? 먹고살기 바빠 죽겠는데."

"클클, 그건 네가 아직 진정한 힘을 가지지 못해서 그런 거다. 고작 네놈 정도의 수준에서는 지금 가진 것만으로도 만족할 수 있겠지. 하지만 더 강해지면 분명 천하에 욕심이 생길 게다. 사내란 응당 욕망에 충실한 동물이니까."

공손천기는 고개를 저었다.

그리고 벽에 등을 기대며 말했다.

"난 더 큰 힘이 생겨도 천하에 욕심내지 않을 거 같은데? 별로 의미가 없어 보여."

"좋아. 클클, 그럼 내기를 하자."

"내기?"

"그래."

홍순원은 자신의 송곳니가 보이게 활짝 웃으며 말했다.

"네놈이 천하 제패라는 욕망에 휘둘릴 때까지 조용히 기다려 주마. 천 년을 기다렸는데 고작 그 몇 년을 더 못 기다리겠느냐?"

"웃기는 영감이네. 만약 내가 그런 욕심을 내지 않으면? 나에게 뭘 해 주게?"

"그럼 순순히 몸뚱이를 양보해 주마. 어차피 나야 다음 녀석을 기다리면 되니까."

"……교활한 영감탱이. 죽어도 손해는 안 보려고 하네."

사실상 홍순원으로서는 전혀 손해 볼 것이 없는, 생색내기나 마찬가지인 제안이었다.

공손천기는 눈살을 찌푸렸지만 일단은 조용히 지내 준다

는 말에 고개를 끄덕이며 말했다.

"근데 그렇게 천하가 탐났으면 우리 사부가 수라마정을 받았을 때 몸뚱이를 달라고 했으면 됐잖아? 나한테 왜 이러는 거야?"

"그걸 설마 진짜로 몰라서 묻는 거냐, 애송이?"

공손천기는 고개를 끄덕이며 대꾸했다.

"응. 이건 정말 몰라서 묻는 건데?"

천마 홍순원은 잠시 귀찮은 표정을 해 보였다.

"이래서 어설프게 술법을 익힌 놈들은 피곤하군."

그는 공손천기를 멍청하다는 얼굴로 바라보다가 곧 천천히 설명해 주었다.

"네놈 사부였던 그놈은 확실히 제법 쓸 만하긴 했지만 내 힘을 견딜 만한 그릇은 아니었다. 내가 만약 그놈 몸뚱이를 강제로 뺏었으면 분명 며칠 버티지도 못해서 산산이 부서졌을 게다. 그리고 그렇게 될 경우 수라마정 자체가 완전히 세상에서 소멸되어 버린다."

"음……."

"간단하게 정리하자면 아무 몸뚱이나 뺏고 그럴 수는 없다는 말이다. 그만한 그릇이 되어야만 하지."

공손천기는 그제야 이해가 된 듯 히죽 웃었다.

그리고 새삼스럽다는 얼굴로 홍순원을 바라보았다.

"인과율을 그린 곳에다가 걸어 놨구나. 이제야 이해가 되네. 대단하긴 하네, 영감님."

아무런 대가 없는 술법은 없었다.

반드시 상응하는 무언가가 있어야만 하며, 절대적인 술법일수록 그 대가도 컸다.

하지만 수라마정은 그 강력한 힘이나 활용도에 비해서 대가가 보이지 않았는데 저런 식으로 교묘하게 걸려 있을 거라고는 미처 생각해 보지 못했던 공손천기였다.

"그나저나 날 왜 이렇게 빙빙 헤매게 만든 거야? 이렇게 잡아 둬 봐야 내 몸뚱이는 못 차지할 텐데?"

"다 이유가 있다, 애송아."

"그러니까 그 이유가 뭔데?"

천마 홍순원은 잠시 하나밖에 없는 손으로 연초를 마저 태우며 무언가를 고민했다.

공손천기는 재촉하지 않고 기다렸다.

저 당당하고 거칠 것 없는 영감이 무언가 말하기를 주저하는 게 신기했기 때문이다.

"애송아."

"말해."

"내 팔다리가 한쪽씩 없는 게 보이느냐?"

"보여. 근데 어차피 곧 회복되잖아?"

지금 눈앞에 있는 홍순원은 정신체였다.

진짜 육체가 아닌 것이다.

그러니 저 정도의 부상은 시간이 지나면 자연적으로 회복이 되는 것이었다.

"그럼 이게 뭔지 알겠느냐?"

홍순원이 손에 들고 있던 연초를 내려놓고 주먹을 쥐었다가 펴자 그곳에서 까만 연기 같은 것이 뭉쳐 나왔다.

가만히 그것을 들여다보던 공손천기의 얼굴이 서서히 딱딱하게 굳어 갔다.

"……그거 설마 파순?"

"그래. 정확하게는 마왕님의 몸뚱이지."

"몸뚱이?"

공손천기는 순간 이해가 안 된다는 얼굴을 해 보였다.

왜 몸뚱이만 여기 있을까?

"머리는?"

"안 그래도 지금부터 그 물건의 행방에 대해 이야기해 주려고 했다."

천마 홍순원의 말투에서 공손천기는 알 수 없는 불안감을 느꼈다.

"원래 네놈도 알았겠지만 파순은 내가 임시적으로 제압을 해 놓은 상태였다. 원래대로면 가당치도 않은 일이었겠지만, 네놈이 말도 안 되는 이중 계약을 해서 나에게 몸을 헌납했으니 가능한 일이었지."

공손천기는 고개를 끄덕였다.

그가 맨 처음 파순과 했던 계약을 무시한 채 홍순원과 새롭게 계약을 하는 바람에 파순의 영향력은 크게 약해졌다.

가뜩이나 석가여래에게 두들겨 맞아서 힘이 약해져 있던 파순이었기에 홍순원과의 싸움에서마저 큰 손해를 본 것이다.

거기까지 떠올린 공손천기가 감탄하는 얼굴로 말했다.

"우리 천마조사님이 대단하긴 한 거지. 아무리 약해졌다고 해도 설마 파순을 제압할 줄은 몰랐거든, 사실. 시간만 끌어 줘도 고맙다고 생각하고 있었는데……."

"클클, 그놈이 없는 힘을 쥐어짜서 네놈에게 나눠 주는 바람에 더 약해졌으니까. 그 덕분에 가능했지."

공손천기는 고개를 끄덕였다.

자신과 계약을 하면서 파순도 아마 크게 무리를 했던 모양이다.

"아무튼 어찌어찌 이 몸께서 그놈을 힘들게 뭉개 놓고 있었는데 네놈이 나를 이 꼴로 만들어 버렸다. 배은망덕도 유분수지."

"……."

공손천기가 홍순원의 헐렁거리는 소매를 멍하게 바라보고 있을 때 홍순원이 웃으며 말했다.

"그리고 이제 대충 짐작했겠지만 뜯겨 나간 내 반대쪽 손은 그놈의 머리통을 움켜쥐고 있었다."

"……!"

잠시 공손천기의 모든 동작이 멈췄다.

그는 그렇게 정지된 모습으로 한동안 우두커니 있다가 홍순원을 바라보며 말했다.

"……그럼 어떻게 되는 거야? 설마 머리통만 일각의 몸 뚱이로 들어가 버린 거야?"

"그런 셈이지. 그 땡중 놈. 지금 분명 지옥을 맛보고 있을 거다. 파순 녀석 엄청 열 받았을 테니까. 들들 볶이고 있겠지."

전혀 생각지도 못했던 곳에서 꽤나 즐거운 일이 벌어졌지만 공손천기는 웃지 못했다.

다른 신경 쓰이는 일이 있었기 때문이다.

"몸뚱이가 여기 있다는 건 일단 나랑 했던 계약이 유효하다는 소리겠지?"

"그렇지."

"……그럼 내 몸으로 다시 돌아온다는 소리잖아?"

"클클, 물론이지. 그 땡중 놈이 죽으면 머리통은 다시 돌아올 거다. 그렇다고 해서 몸뚱이를 바깥으로 쫓아낼 수도 없지. 그렇게 된다면 분명 머리통이랑 합세해서 뛰어올 테니까."

공손천기는 고개를 끄덕였다.

그렇게 뒤통수를 치고 물을 먹였는데 파순이 성격 좋게 그냥 넘어갈 리가 없었다.

"분명 선물을 한 아름 가지고 오겠네……."

공손천기의 중얼거림에 홍순원이 음흉하게 웃으며 말했다.

"그리고 네놈은 그 선물 보따리에 눌려 죽겠지."

공손천기는 피식 웃어 버렸다.

자신도 모르게 헛웃음이 새어 나왔던 것이다.

일이 전혀 예상치도 못한 방향으로 흘러가고 있었다.

그저 살아남으려고 했던 발악이 설마 이런 식으로 흘러가게 될 줄은 상상도 못 했으니까.

"나도 네놈 덕분에 그 성질 나쁜 놈한테 원한을 져서 말이다. 내 선에서 어느 정도 대비를 해 놓긴 하겠지만…… 네놈도 대비는 해야 할 게다."

공손천기는 고개를 끄덕였다.

홍순원 말이 맞았다.

확실히 이건 미리 알고 대비하고 있어야만 했다.

"좋은 방법을 찾게 되면 말해 줄게, 영감님."

"그래라."

"일단 그럼 돌아가 볼게."

공손천기가 말하는 순간 홍순원은 귀찮다는 얼굴로 손짓했다.

그러자 주변이 빠르게 무너져 내리며 사방이 어두워졌다.

그리고 다음 순간 공손천기는 정신을 차리고 눈을 떴다.

"교주님?"

눈을 뜨자마자 제일 먼저 보인 것은 강아지의 얼굴과 비영의 걱정스러운 표정이었다.

비영은 갑자기 눈을 뜬 공손천기에게 다급하게 물어보았다.

"이제 괜찮으십니까?"

공손천기는 고개를 끄덕이며 상체를 일으켰다.

그리고 강아지를 품에 안으며 말했다.

"전 괜찮아요, 개님. 걱정 마세요."

공손천기의 품에서 끙끙거리는 강아지를 보며 비영은 마른 입술을 혀로 핥았다.

그때 주변을 두리번거리던 공손천기가 불쑥 입을 열었다.

"그런데 여긴 어디지?"

"교주님께서 애타게 찾으시던 미녀 공주님이 있는 곳입니다."

공손천기는 비영의 감각적인 대답에 슬쩍 웃으며 몸을 완전히 일으켰다.

중병을 앓다가 갓 나은 것처럼 아직 전신이 나른하고 힘이 없긴 했지만, 가볍게 움직이는 데에는 전혀 무리가 없었다.

공손천기가 마차 문을 열고 내려서자 그곳에는 친위대의 고수들이 양쪽으로 도열한 채 기다리고 있었다.

"교주님을 뵙니다."

"……."

공손천기는 수하들의 인사에도 신경을 쓰지 못했다.

그는 최고로 집중한 채 천천히 정면으로 뚜벅뚜벅 걸어가 누군가를 뚫어져라 살펴보고 있었던 것이다.

그러다 잠시 후 입가 가득히 환한 미소를 지으며 말했다.

"이 건방진 녀석이 드디어 해냈구나."

시우.

녀석은 지금 눈을 감고 제자리에 석상처럼 서 있었다.

하나 그 주변에서 요동치는 기운은 분명 하나의 단계를 돌파할 때 생기는 그런 종류의 기운임이 분명했다.

"저희들이 호법을 서고 있었습니다. 교주님."

우규호가 노골적으로 칭찬해 달라는 듯한 말투로 입을 열자 공손천기는 고개를 끄덕였다.

"잘했다. 아주 훌륭하게 일을 처리했구나."

공손천기는 그답지 않게 칭찬을 아끼지 않았다.

그리고 그의 칭찬에 우규호는 한껏 우쭐한 얼굴을 해 보였다.

마치 자기 혼자서 일처리를 다한 듯이 기뻐한 것이다.

주상산이 그 모습이 아니꼬워서 우규호의 옆구리를 한 번 가볍게 찌른 후 공손천기에게 입을 열었다.

"오늘로써 저희가 도착한 지 이틀째입니다."

"으흠…… 그럼 곧 깨어난다는 말이겠군."

"예."

공손천기는 시우를 예술품 감상하듯이 바라보다 마차에 몸을 기대며 입을 열었다.

"그럼 정도맹 놈들은 어디까지 따라왔지?"

그의 갑작스러운 질문에 마차 옆에 서 있던 비영이 머뭇거리며 대답했다.

"……그게 좀 이상한 일입니다, 교주님."

"뭐가?"

"추적이…… 전혀 없었습니다."

공손천기는 시선을 돌려 비영을 바라보았다.

그리고 물었다.

"왜? 시간은 충분했을 텐데?"

"……아무래도 다른 일이 터진 모양입니다."

정확한 것까지는 알 수가 없었다.

이곳은 정도맹의 영역인 데다가 그들은 고립되어 있었고, 정보가 원활하게 수집되지 않았던 것이다.

하지만 한 가지는 확실했다.

진즉에 정도맹 녀석들이 쫓아왔어야 했는데 오지 않았다는 것.

"흐음⋯⋯."

공손천기는 고민했다.

이유를 알 수 없으니 신경 쓰이는 것이다.

하지만 공손천기는 강아지의 머리를 가볍게 쓰다듬으며 말했다.

"뭐 어찌 되었건 잘되었군."

이유까지는 굳이 알 필요가 없었다.

시우 녀석이 화경의 경지에 들어선 이상, 십만대산의 복귀는 전혀 문제가 없었으니까.

"그런데⋯⋯."

시우에게서 조금 떨어진 곳에 누군가가 죽어 있었다.

공손천기가 그를 힐끗 바라보자 곁에 있던 비영이 잽싸게 말했다.

"몽류객 당지광입니다."

"당지광? 절대십객?"

"예. 교주님."

"그 영감이 왜 여기서 죽어 있어?"

공손천기의 질문에 비영이 대답했다.

"사파제일인에게 당한 것으로 추정됩니다."

"사파제일인……? 흑월회주를 말하는 건가?"

"예."

비영의 대답에 공손천기는 호기심 가득한 표정으로 천천히 당지광에게 걸어갔다.

그리고 그의 시체에 난 상처를 이리저리 살펴보았다.

그 후 공손천기의 표정에 점차 흥미롭다는 감정이 떠올랐다.

"시우 저 건방진 녀석이 만약에 이걸 보고 벽을 넘어서는 거면…… 이거 꽤나 재미있는 놈이 되겠는데."

비영은 공손천기의 중얼거림에 알 수 없다는 표정을 지어보였다.

그의 눈에는 당지광의 시체를 보고서도 아무것도 보이지 않았던 것이다.

하나 공손천기는 의미심장한 미소를 그리며 각성 중인 시우를 지켜보았다.

第十一章
곽운벽

"맹주께서는 대체 왜 깨어나지 못하시는 거요?"

"흐음…… 글쎄……."

"아니, 장주께서도 모르면 우리는 이제 누구에게 의지해야 하오?"

성심장의 젊은 장주.

성수신의(聖手神醫) 곽운벽.

그는 눈앞에 있는 정도맹주 일각을 살펴보며 연신 고개를 갸웃거렸다.

"뭔가…… 되게 특이한 게 씌었는데?"

"그게 무슨 말이오?"

"몰라. 파악하는 중이니까 잠깐 기다려 봐."

애타는 얼굴의 정도맹 수뇌부들은 계속되는 곽운벽의 반말에 살짝 불편한 얼굴을 해 보였다.

하나 감히 티를 내진 못했다.

성수신의 곽운벽에 대한 소문은 익히 들어 알고 있었기 때문이다.

'의술 실력만큼은 하늘에 닿을 정도지만 지닌바 성격이 그만큼 개차반이라고 했던가……'

성격이 어찌 되었건 실력만큼은 천하제일이었기에 아무도 그에게 불평을 하지 못했다.

곽운벽은 역대 성심장의 장주들 중에서도 최고라 손꼽혔고, 그만큼 온갖 특이한 기행을 일삼았다.

그는 가볍거나 쉬운 환자는 아예 상대도 해 주지 않았다.

'오로지 본인의 호기심이나 흥미를 자극해야만 치료해 준다고 했지, 분명히……'

사실 곽운벽을 부르기 전에 이미 천하에 알려진 뛰어난 명의들은 죄다 불러서 맹주의 상태를 확인했던 정도맹의 수뇌부들이었다.

그들이 모두 손을 놓고 돌아가 버리자 초조해진 정도맹에서는 결국 곽운벽에게 손을 내밀었다.

"호오? 이게 이렇게 된 건가? 어라? 이게 가능하다고?"

일각의 전신을 요리조리 살펴보며 곽운벽은 혼자서 감탄을 터트리고 있었다.

그러다 잠시 후, 곽운벽은 마치 장난감을 손에 쥔 아이처럼 악동같이 웃으며 말했다.

"그래도 간만에 재미있는 걸 보게 됐네."

"그게 무슨……."

정도맹 수뇌부들의 얼굴에 황당함과 분노가 떠오르건 말건 곽운벽은 그들을 바라보며 말했다.

"좋아, 맹주는 나에게 맡겨. 내가 책임지고 깨워 주지."

"오오! 역시 성수신의!"

"그럼 다들 돌아가 봐. 이제부터 본격적인 치료를 해야 하니까 아무도 안에 못 들어오게 해 주고."

곽운벽은 정도맹의 수뇌부들을 그렇게 몽땅 바깥으로 내보낸 후 음흉하게 미소 지었다.

그는 이미 일각의 상태를 완벽하게 파악했던 것이다.

"이건 아주 신나는 일이야. 그렇지, 맹주님?"

"……."

일각은 대답이 없었지만, 곽운벽 역시 딱히 대답을 기대한 것이 아니었기에 작게 흥얼거리며 다시 말했다.

"내 목소리가 다 들리는 거 알고 있어. 그러니까 너무 무서워하지 마."

"……."

"사실 맹주님을 깨우는 건 그다지 어렵지가 않아. 마음만 먹으면 지금 당장이라도 깨워 줄 수 있지. 하지만 맹주님도 이미 짐작하고 있겠지만 그래선 아주 곤란해지지."

곽운벽은 소매에서 돌돌 말린 천을 하나 꺼내 들었다.

그것을 바닥에 펴자 거기에는 각기 다른 크기의 검은색 침들이 무수히 들어가 있었다.

"지금 당장 맹주님을 깨우면 몸속에 들어가 있는 '그놈'도 같이 깨우게 될 테니까…… 그건 너무 위험한 도박이잖아? 그러니까 천천히 시간을 들여서 깨워 줄게."

"……."

"너무 걱정하지 마, 맹주님. 나는 여태까지 왔던 다른 동태 눈깔 의원들하고는 차원이 다른 몸이니까. 불안해하지 말라고."

일각은 어둠 속에서 한 줄기 빛을 본 듯한 기분이 되었다.

곽운벽이 말하는 것처럼 지금 일각은 외부의 소리를 전부 다 들을 수 있었다.

오히려 평소보다 감각이 더 예민해져서 근방에 있는 모든 소리들을 들을 지경이었으니까.

'문제는…….'

그 외에는 아무것도 할 수 없는 상태라는 데 있었다.

얼마 전에 교주가 자신의 몸에 이상한 것을 심어 놨기 때문이다.

'설마 그게 마왕일 줄이야……'

그때만 생각하면 아직까지도 몸서리가 쳐지는 일각이었다.

처음에는 가벼운 공격이라 생각했다.

쉽게 공손천기가 부린 개수작을 털어 낼 수 있을 거라 여겼다.

'그것만 아니었어도……'

공손천기 그 망할 놈이 마지막에 일격을 날리는 바람에 내력이 엉망으로 뒤엉킨 게 컸다.

무척이나 치명적이었던 것이다.

순식간에 몸속으로 파고들어온 '그놈'이 자리를 완전히 잡아 버렸으니까.

'아무리 그래도 파순이라니……'

전설상의 악마였다.

대체 공손천기라는 그 미치광이는 무슨 짓을 어떻게 한 것일까?

한낱 인간이 타인의 몸에 마왕을 심을 수 있다?

이건 정말 가당치도 않은 일이지 않은가?

'일단은 의식을 잃지 않게 최선을 다할 수밖에 없다.'

그나마 다행이라면 일각이 익힌 무공이 파사(破邪, 사악한 것을 물리침)의 기운이 강한 소림사의 무공이라는 것이다.

덕분에 마왕에게 완벽하게 잠식당하지 않고 겨우겨우 저항할 수 있었다.

'이제부터 이 대치 상황만 잘 유지해도 해볼 만한 승부다.'

외부에서 곽운벽이라는 미친 의원이 그를 도와줄 테니, 상황 역전이었다.

사실 그동안 정말 간당간당했다.

천하의 일각으로서도 마음의 평정심을 유지하기가 어려웠던 것이다.

초조했고, 불안했다.

방심하면 언제 어떻게 어둠에 삼켜질지 모른다는 공포가 일각의 전신을 시시각각 조여 왔던 것이다.

[저 의원의 말을 믿느냐? 의외로 순진하구나.]

'……!'

갑자기 들려온 음산한 목소리에 일각은 눈을 부릅뜨고 주변을 둘러보았다.

곧이어 아무것도 없는 어둠 속에서 무언가가 뭉치더니 어떤 형체를 띠고 나타났다.

그 형체를 가만히 바라보던 일각은 순간 얼굴을 팍 일그러뜨렸다.

'공손천기?'

어둠 속에서 나타난 사람.

그는 바로 공손천기였다.

하나 그를 자세히 들여다보던 일각은 고개를 저었다.

'파순이더냐?'

[그래. 내가 바로 파순이다.]

일각은 살짝 신중한 눈으로 파순을 바라보았다.

부처님을 타락시키기 위해 곁에서 온갖 감언이설을 했다고 알려진 파순이다.

결국 그것이 실패하고 부처님에게 역으로 봉인당했다 알려진 전설의 악마.

'나는 너와 할 말이 없다.'

저놈은 마음의 빈틈을 교묘하게 파고들어서 평정심을 무너뜨리려 할 것이다.

그러니 애초에 말을 섞지 않는 게 최선이었다.

일각은 마음속에서 떠오르는 두려움을 애써 부정하며 파순의 말을 듣지 않으려 했다.

하지만 불행히도 그것은 불가능했다.

정신과 정신이 직접 만나서 이야기하는 것이라 대화를

거부할 수가 없었던 것이다.

[너와 나는 애초에 목적이 똑같다.]

'목적?'

무엇을 말하려는 것일까?

일각의 머릿속에 의문이 떠오른 순간 파순이 히죽 웃으며 말했다.

[너는 공손천기를 죽이고 싶지 않으냐?]

일각은 잠시 혼란스러운 얼굴을 해 보였다.

마왕 파순의 입에서 공손천기라는 이름이 나오니 기분이 이상했던 것이다.

[나 역시 그놈을 죽이고 싶다. 그러니 너와 나는 적이 아니지.]

같은 목적을 지니고 있으니 적이 아니다?

잠시 머릿속에 떠오르는 복잡한 생각들을 빠르게 지우며 일각은 크게 안도의 한숨을 내쉬었다.

'……과연 마왕. 전혀 예측하지 못했던 방식으로 나를 설득하려 드는구만. 하마터면 깜빡 속을 뻔했다.'

대단한 놈이었다.

한순간이지만 흔들릴 뻔했으니까.

'어?'

일각은 갑자기 전신에 오싹한 소름이 돋았다.

방금 흔들릴 뻔했다고 생각한 게 단순히 착각이 아니었던 모양이다.

그의 전신이 어느새 차가운 냉기로 뒤덮였던 것이다.

'이런!'

방심했다.

일각이 크게 당황하며 마음의 평정심을 유지하기 위해 애쓸 때, 그의 전신에 새하얀 서리가 덮이기 시작했다.

일각의 얼굴에 초조함이 떠올랐다.

그때 파순이 지척까지 다가와 작게 속삭였다.

[나와 거래를 하나 해 보겠느냐? 일각?]

일각은 고개를 저었다.

마왕과의 거래라니?

당치도 않은 소리다.

'나는 부처님의 제자다. 사악한 것은 감히 나에게 범접할 수 없다!'

일각은 눈을 감고 필사적으로 그렇게 되뇌며 파순의 말을 듣지 않으려 노력했다.

하지만 시간이 지날수록 온몸이 얼어 가는 느낌이 더욱 생생하게 느껴졌다.

내력은 전혀 움직이지 않았고, 감각들만이 차츰차츰 사라져 갔다.

서서히 두려움이 떠오를 무렵.

"겁먹지 마, 맹주님. 내가 구해줄 테니."

일각은 귓가에 생생하게 들려오는 곽운벽의 목소리에 멀어져 가는 의식을 가까스로 붙잡았다.

생각해 보니 그에게는 든든한 지원군이 있지 않은가?

'위축될 필요가 전혀 없다.'

파순이라는 존재는 불가에 있는 사람들에게는 공포의 대명사였다.

그건 일각 역시 마찬가지였다.

'하지만 난 이겨 낼 수 있다.'

파순의 유혹을 견뎌 낼 수 있다면 그도 정신적으로 한 단계 더 성장할 수 있을 게 분명했다.

'너만 믿겠다, 곽운벽.'

그리고 일각은 눈을 뜨고 정면을 바라보았다.

동시에 일각은 자신도 모르게 비명을 지를 뻔했다.

어느새 지척까지 다가온 파순이 그의 귓가에 대고 곽운벽의 목소리로 똑같이 말하고 있었던 것이다.

"겁먹지 마, 맹주님. 내가 구해줄 테니."

방금 그것은 곽운벽의 목소리가 아니라 파순의 목소리였던가?

일각이 그런 의구심을 품는 순간 그의 전신이 완벽하게

얼음으로 뒤덮였다.

[그렇게 순순히 거래를 하지 그랬느냐?]

얼음 속에 갇힌 일각을 바라보며 파순은 음험하게 웃었
다.

부처의 제자들은 이래서 다루기 편했다.

이렇게 자신에 대해 속속들이 잘 알고 있으니, 오히려 다
른 일반인들보다도 근원적인 공포를 가지기가 쉬웠다.

덕분에 일이 얼마나 수월한가?

파순은 얼음덩어리가 된 일각을 가볍게 바닥으로 묻어
버리며 히죽 웃었다.

[기다려라, 공손천기.]

그가 크게 호흡하며 힘을 주자 주변의 경관들이 무너져
내리기 시작했다.

그리고 눈을 감았다가 뜨려던 파순은 움찔거리며 얼굴을
찌푸렸다.

[이놈이…….]

예상치도 못했던 방해꾼이 있었다.

"벌써 일어나면 곤란한데?"

곽운벽.

그가 침술로 파순을 억지로 재워 놓고 있었던 것이다.

막 깨어나기 직전이었던 파순은 강제로 일어나기 위해

다시 한 번 힘을 주었다.

그러자 일각의 육체가 부들부들 떨리기 시작했다.

얼굴이 푸른색으로 변했다가 붉게 변했다가를 반복하고 있었고, 전신에서는 사악한 기운이 일렁거렸다.

"⋯⋯땡중이 결국 싸움에서 진 모양이네."

곽운벽은 얼굴을 찡그렸다.

지금 깨어나는 것은 분명 맹주가 아닐 것이다.

맹주의 몸속에 스며들었던 '그놈'이 분명했다.

곽운벽은 잠시 고민하다가 침술을 사용해서 강제로 일각을 재우기 시작했다.

지금은 재우는 것밖에 방법이 없었으니까.

그렇게 마음먹고 침을 몸에 더더욱 쑤셔 박던 곽운벽은 자신도 모르게 혀를 찼다.

"망했네, 이거."

일각의 몸에 박혀 있던 침들이 서서히 밀려 올라오기 시작했다.

맹주 몸속에 있는 놈도 필사적이었던 것이다.

곽운벽은 잠시 동안 여기저기 침들을 박아 대며 저항하다가 결국 두 손을 들어 올렸다.

"이런 식으로 나오면 나도 방법이 없지. 그래, 내가 졌다."

일각의 몸속에 있던 파순은 미소 지었다.

저 건방진 의원 놈도 결국 포기한 것이다.

깨어나자마자 저놈의 사지를 찢어서 산 채로 뜯어먹어야 겠다는 생각을 하던 파순은 갑자기 비명을 질렀다.

[끄아아아악!]

곽운벽이 갑자기 일각의 백회혈에 거대한 침을 쑤셔 박았기 때문이다.

그것은 파순에게 엄청난 고통으로 다가왔다.

"헤헤, 방심하면 당하는 거야, 멍청아."

곽운벽은 만족스러운 미소를 그리며 일각을 바라보았다.

일각의 몸뚱이는 한참 동안 번개라도 맞은 듯 펄떡거리더니 이윽고 잠잠해졌다.

그 모습을 쭈욱 지켜보던 곽운벽은 뒷머리를 긁적였다.

"실패했네."

이제 일각을 외부에서 깨우는 건 불가능해져 버렸다.

조금 전 일각이 아닌 다른 존재가 일각의 몸뚱이를 손에 쥐고 깨어나려 했다.

'위험했지.'

하지만 곽운벽은 노련했다.

일부러 '그놈'이 몸뚱이를 완전히 차지하게 내버려 두었다가 가장 결정적인 순간을 노려서 정수리에 있는 백회혈.

인간의 몸에 있는 혈도 중에서도 가장 중요한 그곳에 냅다 침을 박아 넣은 것이다.

"이젠 어쩔까나……."

한동안 일각은 자력으로 깨어나지 못할 것이다.

백회혈에 박힌 대침을 빼내야 일각을 깨울 수 있을 텐데 그렇게 되면 그놈도 정신을 차릴 게 분명했다.

"일이 아주 피곤해졌네……."

이도저도 못 하게 되어 버렸다.

곽운벽이 자리에 앉아 심각하게 고민하고 있을 무렵, 백색의 깔끔한 무복을 차려 입은 어떤 사내가 창문을 열고 불쑥 안으로 들어섰다.

그리고 그는 침상에 누워 있는 일각을 바라보며 작게 중얼거렸다.

"……정말 아프신 건가?"

"넌 누구야? 분명히 아무도 안으로 들여보내지 말라고 했을 텐데?"

곽운벽이 질문하자 갑작스럽게 등장한 사내가 난처한 얼굴로 입을 열었다.

"그냥 어르신의 상태를 확인 좀 하려고 했을 뿐이다. 방해가 되었나?"

"엄청 방해가 되었지. 어쩔 거야, 대체?"

곽운벽이 짜증스러운 어투로 쏘아붙이자 사내는 미안한

얼굴로 말했다.

"미안하군. 그럼 나가 보겠네."

사내가 다시금 창문으로 몸을 날리려 할 때 그를 살펴보고 있던 곽운벽이 눈을 빛내며 입을 열었다.

"너 화경의 고수야?"

"……!"

"제법이네? 무당파에 화경의 고수가 있다는 이야기는 처음 들어 보는데?"

창문을 넘어 밖으로 나가려던 사내는 조용히 자세를 잡고 내려서서 곽운벽을 지그시 바라보았다.

"왜? 죽여서 입을 막게?"

곽운벽의 이죽거림에 사내의 눈동자가 가볍게 흔들렸다.

그러다 그는 한숨을 내쉬며 말했다.

"비밀로 해 줘라. 나는 아직 세상에 이름이 알려지면 안 된다."

"그거야 네 사정이지."

"……."

사내는 복잡한 시선으로 곽운벽을 바라보았다.

곽운벽은 그런 사내의 시선을 피하지 않고 정면으로 마주 보며 말했다.

"좋아. 비밀로 해 주지."

"……정말인가?"

"물론. 난 거짓말은 안 해."

"고맙군."

사내의 입가에 가느다란 미소가 떠오르는 것을 지켜보던 곽운벽이 말했다.

"대신 너도 내 부탁을 하나 들어줘야겠다. 세상에 공짜는 없으니까."

"……부탁이 뭐지? 좋지 않은 목적이라면 들어줄 수 없다."

백의무복의 사내가 단호하게 말하자 곽운벽은 선선히 고개를 끄덕였다.

"너에게 별로 어려운 건 아니야. 그리고 우리 맹주님의 치료에도 무척이나 도움이 되는 일이지. 사실 새로운 시도를 해 볼 참이었는데 무공의 고수가 필요한 방법이어서 난감하던 차였거든."

"어르신의 치료에 도움이 되는 일이라고?"

"물론."

그때까지 비협조적인 태도를 보이던 사내가 바로 태도를 바꿨다.

"하겠다."

"좋아. 친구."

곽운벽은 자연스럽게 사내의 어깨에 손을 올리며 입을
열었다.

"근데 중요한 일을 하기에 앞서서 내가 우리 친구의 이
름 정도는 알아야 하지 않을까?"

"……."

"걱정 마. 비밀은 목숨 걸고 지킬 테니."

사내는 잠시 갈등하다가 곧 한숨을 내쉬며 말했다.

"내 이름은 백무량이다. 그쪽의 이름은?"

"내 이름은 곽운벽. 성심장의 주인이지."

곽운벽의 말에 백무량은 고개를 끄덕였다.

그리고 그는 곽운벽을 바라보며 물었다.

"이제부터 내가 해야 할 일이 정확히 뭐지?"

"아주 좋은 질문이야, 친구."

백무량의 질문을 받은 곽운벽의 입가에 음흉한 미소가
떠올랐다.

*   *   *

모용세가의 후계자 모용추는 지금 바쁜 걸음으로 어딘가
로 걸어가고 있었다.

그가 서둘러 달려간 곳에는 인공 호수가 펼쳐져 있었고,

그곳에서는 느긋한 얼굴의 사내가 낚시를 하고 있었다.

"권광민 공자님! 말씀하신 것을 구해 왔습니다!"

"으음? 설마 벌써?"

낚시를 하고 있던 사내.

그는 바로 현재 천마신교 교주 '대리'를 맡고 있는 혈수광마 권광민이었다.

공손천기의 사형인 그는 요즘 정말 행복했다.

지긋지긋한 후계자 경쟁이 끝나고 교에 확실한 위계질서가 생겨났다.

비록 교주가 되지 못했지만 권광민은 지금 아주 만족스러웠다.

첫째 사형인 전윤수는 쫓기는 도망자 신분이었고, 막내인 공손천기는 교주 자리에 올랐으면서도 항상 바쁜 일에 치여 살았다.

'하지만 나는 아니지.'

권광민은 늘 느긋하고 여유로웠다.

유배를 당한 거나 마찬가지인 입장이었지만 크게 신경쓰지 않았다.

책임질 일도 딱히 없었고, 마음이 번잡할 일도 없었다.

데리고 있던 흑사자들은 공손천기가 온전하게 흡수해 갔기 때문에 챙길 식솔도 없었다.

외롭다는 것 외에는 딱히 생활에 힘든 점이 없었다.

공손천기가 찾아오기 전까지는.

"꺼내 봐."

"예, 공자님."

모용추는 주변을 살펴보다가 품에 챙겨 온 서책들을 조심스럽게 권광민 앞에 꺼내 보였다.

그리고 작게 속삭였다.

"말씀하셨던 대로 저잣거리에서 현재 가장 잘 나가는 음야행(淫夜行) 화백님의 최고 작품 다섯 권입니다. 게다가 이건 모두 원본입니다."

"오오! 이 진귀한 것을……."

권광민은 낚싯대를 손에서 내려놓고 모용추가 건네는 서책, 정확하게는 도색잡지(桃色雜誌, 음란 서적)를 품에 냉큼 챙겨 넣으며 말했다.

"훌륭하다. 네가 제일 처음으로 구해 온 거다. 설마 이렇게 빨리 구해 올 줄은 몰랐는데…… 대체 어떻게 구했지?"

모용추는 어깨에 힘을 딱 주고 은밀하게 입을 열었다.

"다행히도 이쪽에 조예가 상당히 깊은 친구가 있었습니다. 그 친구에게 꽤 많은 대가를 지불하고 얻어 온 것이지요. 하지만 모두 공자님을 위한 일이라 생각해서 조금도 망설이지 않고 값을 치렀습니다."

"과연…… 과연 그러했군. 훌륭하다."

권광민이 진정으로 감탄한 얼굴을 해 보이자 모용추는 몸을 낮추며 조심스럽게 입을 열었다.

"하오면 모두에게 약속했던 그 호위대 일은…… 어떻게 되는 것입니까?"

"응? 사막 수송 호위대 선정 건 말인가? 그건 당연히 모용세가가 맡게 되겠지. 나는 자네처럼 불타는 열정을 가진 친구를 기다리고 있었어. 호위대 병력들은 앞으로 모용세가가 맡아서 처리해 줘."

권광민의 대답에 모용추는 기쁜 기색을 숨기지 않으며 바닥에 납작 엎드린 채 말했다.

"감사합니다, 공자님! 이 은혜 평생 잊지 않겠습니다!"

"은혜는 무슨…… 나야말로 이쪽 계통에 진심으로 관심 있는 친구를 만나게 되어 기쁠 뿐이지. 하하핫!"

"하하하……."

모용추는 권광민의 칭찬에 쑥스러운 얼굴로 웃어 주었다.

자신의 '고상한' 취미 생활 중 하나가 이런 식으로 도움이 될 줄은 꿈에도 몰랐던 것이다.

'역시 뭐든지 깊게 파면 도움이 되는 법!'

모용추는 활짝 웃었고, 권광민 역시 그를 바라보며 흡족한 미소를 그렸다.

맨 처음 공손천기가 유배지로 불쑥 찾아왔을 때 권광민은 불길한 예감이 들었다.

그리고 역시나, 공손천기는 다짜고짜 일을 좀 하라며 강짜를 부리기 시작했다.

조용히 납작 엎드려 평화롭게 살고 있던 권광민에게 그것은 재앙과도 같았다.

싫다고 강하게 반항해 보았지만 소용이 없었다.

공손천기가 사악하게 웃으며 말했던 것이다.

"이건 '사제'가 드리는 부탁이 아니라 교주가 내리는 명령이니까 저 대신 열심히 일 좀 하고 계세요, 사형."

"허? 우리 교주님께서는 이제 늙은 사형도 막 부려 먹으시려는 겁니까?"

"매일 놀고먹는 게 부러워서 배가 아파 미칠 지경이었거든요. 아무튼 천마신교를 잠시 사형에게 맡기고 갑니다."

권광민은 떠나는 공손천기를 보며 속으로 온갖 욕을 쏟아 냈지만 지금 와서는 막내의 그 선택이 무척이나 고마웠다.

'막내야, 네 덕분에 내 수집물이 하나 더 늘었구나. 정말 고맙다.'

눈앞에 있는 모용추를 보며 흐뭇하게 웃던 권광민은 품

안에 있는 두꺼운 책의 부피를 느끼며 기분이 무척이나 좋아졌다.

모용추라는 녀석과는 의외로 죽이 무척 잘 맞았다.

'취미 생활이 비슷하기 때문이겠지.'

모용추와 권광민은 한동안 그 자리에 앉아서 본인들의 취미 생활 목록들을 한참이나 공유했다.

그리고 그들 나름의 진지한 견해와 품평들을 나누고 있을 무렵.

"응?"

손님이 찾아왔다.

그 손님을 바라보는 권광민의 얼굴이 급격하게 일그러졌고, 모용추는 재빠르게 몸을 일으키며 말했다.

"그럼 사막을 다녀올 때 양손 가득 공자님의 선물을 준비해서 오겠습니다."

"버, 벌써 가려고? 조금 더 있다가 가도 좋은데……."

"저도 그러고 싶지만……."

모용추는 뒤쪽에 있는 무표정한 얼굴의 사내를 바라보며 어색하게 웃었다.

"제가 공자님의 업무에 방해가 될 것 같아서 이만 물러나야 할 것 같습니다."

"끄응…… 알았다. 조심해서 들어가."

"예. 공자님."

모용추가 재빠르게 자리에서 물러서자 뒤쪽에서 대기하고 있던 사내가 앞으로 나오며 말했다.

"공자님. 다급히 결재가 필요한 일이 있어서 이렇게 찾아왔습니다."

전박이 어떤 문서를 앞으로 내밀자 권광민은 뒤로 주춤 물러나며 말했다.

"너에게 일임할 테니 어지간한 것들은 모두 알아서 처리하라고 말했을 텐데?"

"이건 어지간한 일이 아니라 그렇습니다."

"무슨 내용인데? 네가 직접 설명해 줘."

전박은 고개를 끄덕인 후 담담하게 입을 열었다.

"공손천기 교주님께서 중원에 나가 정도맹주와 충돌을 벌이셨던 것 같습니다."

"……뭐? 막내…… 아니, 우리 교주님께서 정도맹주랑 한판 했다 이거야, 지금?"

"예."

권광민은 잠시 어이없는 얼굴을 해 보였다.

공손천기가 강한 것은 그도 잘 알고 있었다.

그의 첫째 사형인 전윤수를 순수한 힘으로 꺾었으니까.

'아무리 그래도 그렇지…… 벌써부터 불성에게 덤비는

건 좀 아니지.'

불성 일각.

그는 과거 스승님이었던 지옥마제와 함께 천하제일을 다투던 절대 고수였다.

악중패를 제외하면 사실상 현재의 천하제일 고수가 아닌가?

"겨, 결과는? 어떻게 되었지? 설마 막내가 죽었나?"

머릿속이 복잡해졌다.

공손천기가 죽었다면 어떻게 되는 걸까?

다시 후계자 문제로 골치 아파지는 것이다.

한데 다행히도 그렇게 되지는 않은 모양이었다.

"교주님께서 어떠신지는 아직 보고되지 않았습니다만……
정도맹주는 지금 사경을 헤매고 있다는 보고입니다."

"……!"

권광민은 입을 쩌억 벌렸다.

너무도 충격을 받았기 때문이다.

막내가 강하다는 사실은 알고 있었지만 일각에게 치명상을 입힐 정도였다니……

권광민이 멍하게 있을 때, 전박이 다시금 느릿하게 말했다.

"교주님의 신변을 보호하기 위해 교의 지원 병력을 추가로 보내야 할지 말지 결정해 주셔야 합니다. 공자님."

"너 지금 그걸 말이라고 해? 당장 병력들을 보내야지! 막내가 위험한 거잖아!"

권광민이 버럭하며 진심으로 화를 냈지만 전박은 무덤덤하게 말했다.

"하면 규모는 어느 정도가 적당할지요?"

"그거야……."

권광민은 여기서 잠시 머뭇거렸다.

그가 항상 허랑방탕하게 살고 있었지만 바보는 아니었다.

아니, 권광민은 오히려 대단히 명석한 축에 속했다.

'너무 많은 병력을 보내게 되면 정도맹 쪽에 들킬 위험이 있다.'

이런 일은 소수 정예가 필요했다.

대규모 병력이 움직일 일이 아닌 것이다.

"정도맹의 감시망에 걸리지 않을 정도의 병력을 보내야겠지? 최대가 어느 정도가 규모냐?"

"대략 서른 명 정도면 조심해서 움직였을 때 감시망에 걸리지 않을 수 있습니다."

"으흠…… 그건 너무 적은데…… 아무리 정예들만 모은다고 하더라도 무리다, 그 병력으로는."

고작 서른 명으로는 아무것도 할 수 없었다.

잠시 무언가를 고민하던 권광민은 눈을 번뜩이며 전박을 바라보았다.

"서른 명씩 열 개의 조를 나누어 보내면 어떻지? 각자 범위를 정하고 움직인다면 그게 나을 것 같은데?"

전박은 권광민의 대답에 곧장 고개를 끄덕였다.

"현명하신 방법입니다. 그대로 시행하겠습니다."

"그래. 최대한 빨리 보내도록 해."

권광민의 명령을 받은 전박이 멀어져갔다.

그가 시야에서 사라지자 권광민은 낚싯대를 손에 쥐며 작게 투덜거렸다.

"죽은 건 당연히 아니겠지? 제발 쓸데없는 곳에서 죽지 마라, 막내야. 이제 막 내 인생이 편해지려고 하는데 그러면 곤란해, 이놈아."

권광민은 인공 호수의 수면을 바라보며 일그러진 얼굴을 해보였다.

*   *   *

백무량이 속한 무당파는 본래부터 제자들을 가려 받기로 유명한 문파였다.

아무나 제자로 받지 않는 것이다.

선근(仙根, 선인이 될 자질)이 있는 자들만 고르고 골라서 받아 왔던 곳이 바로 무당파였다.

그래서일까?

무당파는 소수였지만 항상 최정예들이었고, 덕분에 강호에서 소림사 다음으로 위세가 높은 문파가 될 수 있었다.

'나는 무당파의 속가제자다.'

백무량은 그런 무당파에서 참으로 특별한 존재였다.

그는 무당파의 직전제자가 아닌 속가제자 출신이었던 것이다.

선근이 없어서 직전제자가 되지 못한, 속세에 속한 제자.

속가제자들은 직전제자와는 다르게 무당파에서 천하에 자랑하는 최고의 무공들은 전수받을 수 없었다.

'하지만……'

백무량이 가진 재능은 그런 한계들을 가볍게 뛰어 넘을 만큼 대단한 것이었다.

그는 결국 무당파에서 전수받은 가장 기본적인 검법들로만 화경의 경지에 올라서는 기염을 토해 냈다.

덕분에 무당파에서는 엄청난 고민이 생겨 버렸다.

그를 계속 속가제자로 남겨 두자니 본산에 있는 직전제자들보다 강해진 것이 문제였던 것이다.

'그렇다고 받아들이기도 문제였지.'

백무량은 씁쓸하게 웃었다.

그에게는 선근이 없었다.

그러니 그를 직전제자로 받아들이게 되면 그동안의 전통에 금이 가게 되어 버리는 것이다.

'나는 속가제자든 직전제자든 사실 별로 상관이 없는데……'

정작 당사자인 백무량은 자신의 근본에 대해 크게 신경을 쓰지 않았다.

그저 주변에서 시끄러울 뿐이었다.

특히 백무량이 속한 가문에서는 그를 직전제자로 만들기 위해 온갖 애를 쓰고 있었다.

그래서 마지못해 나온 조건이 바로 '절대십객'이 되는 것이었다.

그가 천하에서 가장 강한 사람에 속하게 되면, 예외적으로 직전제자로 만들어 주겠다는 조건이었다.

백씨 가문은 열광했고, 백무량은 가문의 성화에 못 이겨 비무를 해 줄 절대십객에 속한 고수들을 열심히 알아보러 다녀야만 했다.

'그때 도움을 주신 분이 바로 어르신이다.'

아무도 백무량과 비무를 해 주려 하지 않았다.

무명의 고수에게 이겨 봐야 얻을 것은 아무것도 없고, 지면 망신만 당할 판인데 누가 비무를 하려 하겠는가?

난감해하고 있던 백무량을 도운 것은 무당파가 아니라 소림사였다.

정확하게는 지금 침상에 누워 있는 일각이 그를 도와준 것이다.

'어르신……'

그를 바라보며 백무량은 깊게 가라앉은 눈을 해 보였다.

일각은 백무량을 위해 은밀히 비무를 주선해 주었고, 백무량은 그 승부에서 당당하게 승리를 차지할 수 있었다.

백무량의 입장에서 보자면 그는 은인이었다.

"그래서 정확하게 내가 무엇을 하면 되는 거지?"

곽운벽은 스스로의 턱을 쓰다듬다가 일각을 내려다보며 말했다.

"우리 친구가 해 줄 일은 간단해. 지금 맹주님 몸에 박힌 바늘들이 보이지?"

백무량은 고개를 끄덕였다.

그가 일각의 상체 전체를 뒤덮고 있는 수많은 바늘들을 보고 있을 때, 곽운벽이 일각의 정수리 쪽으로 이동하며 말했다.

"그 바늘들이랑 정수리 쪽에 박혀 있는 요거까지. 한 방에 전부 뽑아 내야 하거든?"

그때까지 별반 표정 변화가 없던 백무량의 얼굴에 한줄기 당혹스러움이 떠올랐다.

"……설마 백회혈까지 침을 박아 넣은 건가?"

백회혈은 인간의 몸에 있는 혈도 중에서도 가장 위험한 쪽에 속하는 곳이었다.

그곳에 침을 박아 넣는 것 자체가 대단히 위험한 행동이었고, 그것을 다시 빼내는 것도 무척이나 위험한 행위인 것이다.

"저거 아니었으면 우리 맹주님은 벌써 이 세상 사람이 아니었을 거야. 아슬아슬했지."

"음……."

생각보다 부상이 심했던 모양이었다.

백무량이 그렇게 납득하고 있을 무렵 곽운벽이 멀찍한 곳으로 떨어지며 말했다.

"그럼 부탁해. 내력으로 한 방에 다 뽑아 줘."

"……."

상당히 무리한 주문이었지만 백무량은 아무런 불평을 하지 않았다.

그는 그저 일각을 내려다보며 차분히 심호흡을 했다.

'내력을 고르게 분포시킨다.'

화경의 경지에 들어서면 내력을 자유자재로 다룰 수 있게 된다.

　심지어 내력을 유형화해서 어떤 형태를 만드는 것도 가능해지는 것이다.

　우웅―

　백무량은 내력을 끌어 올려 그것을 외부로 뿜어냈다.

　그러자 백색의 선명한 기운이 일각의 전신을 안개처럼 뒤덮었다.

　'오호?'

　곽운벽은 멀찍이 떨어져 벽 뒤에서 그 모습을 한순간도 놓치지 않고 감상하고 있었다.

　그가 단순하게 생각했던 것보다 백무량의 능력이 더 대단했던 것이다.

　'그럼 어디 응용력을 한번 볼까?'

　곽운벽이 흥미진진한 얼굴을 할 때, 백무량은 안개처럼 뿜어낸 기운을 촘촘히 그물처럼 만들어 일각의 전신을 감싸기 시작했다.

　그러다 어느 순간.

　그것을 강하게 압박해서 한순간에 튕겨 냈다.

　촤촤촤악―!

　바늘들이 튕겨지는 기운을 따라 순식간에 뽑혀 나왔다.

정수리에 박혀 있는 바늘 역시 뽑혀 나온 것은 당연했다.

"굉장한데?"

"……."

백무량은 곽운벽의 감탄에 아무 대답도 하지 않고 침착하게 호흡을 골랐다.

평소에 쓰지 않는 방식으로 기운을 운용했다.

거기에 더해 극도로 섬세하게 기운을 통제해야 했기 때문에 엄청난 심력을 소모했던 탓이다.

스우우—

백무량의 전신에서 수증기가 뿜어져 나올 때, 곽운벽은 일각의 머리 쪽에 서서 그를 내려다보며 음흉하게 웃었다.

"그럼 누가 깨어나려나……."

확률은 반반이었다.

최후의 순간에 일격을 맞은 '그놈'이 깨어날 수도 있고, 아니면 몸 내부에서 안전하게 있던 일각이 깨어날 수도 있었다.

곽운벽과 백무량이 지켜보는 가운데 일각의 눈꺼풀이 꿈틀거리며 서서히 눈이 뜨여졌다.

그리고 그가 입을 열었다.

"여긴…… 어디냐?"

"어르신, 괜찮으십니까?"

백무량이 걱정스러운 음성으로 묻자 일각은 힘들게 고개를 끄덕였다.

그리고 그는 백무량을 바라보며 빙그레 웃어주었다.

"그래, 나는 괜찮다. 걱정했느냐?"

"예. 그나저나 무사히 깨어나셔서 다행입니다."

조금 전까지 기운이 불안정했던 일각이었다.

그런데 지금은 놀랍게도 기운이 안정되어 있었다.

백무량은 적잖이 안도했다.

"잠시 쉬고 싶구나……."

"예, 어르신."

일각의 말에 백무량이 자리에서 일어나 바깥으로 나가려 했다.

백무량은 나가기 직전, 그때까지 아무런 말도 없이 서 있는 곽운벽을 바라보며 말했다.

"자네는 안 나가나?"

"아아, 잠깐 마지막으로 어르신의 상태 좀 확인하려고 하니까 우리 친구 먼저 나가 있어."

곽운벽은 고개를 갸웃거리는 백무량을 그렇게 바깥으로 억지로 내보낸 후 문을 완벽하게 닫으며 중얼거렸다.

"연기 잘하는데……."

"……."

"나는 맹주님이 깨어날 확률이 조금 더 높을 거라고 봤는데…… 이거 전혀 엉뚱한 놈이 깨어났네."

곽운벽이 웃으며 고개를 돌리자 죽은 듯이 시름시름 앓던 일각이 상체를 서서히 일으키며 빙그레 웃음 지었다.

"이래서 눈치 빠른 놈은 싫다니까."

말을 하는 일각의 두 눈에서 요사스러운 보랏빛이 번뜩였다.

〈다음 권에 계속〉